A TRILHA DOS NINHOS DE ARANHA

Obras do autor publicadas pela Companhia das Letras:

Os amores difíceis
O barão nas árvores
O caminho de San Giovanni
O castelo dos destinos cruzados
O cavaleiro inexistente
As cidades invisíveis
As cosmicômicas
Fábulas italianas
Um general na biblioteca
Marcovaldo ou As estações na cidade
Os nossos antepassados
Palomar
Perde quem fica zangado primeiro
Por que ler os clássicos
Se um viajante numa noite de inverno
Seis propostas para o próximo milênio — Lições americanas
Sob o sol-jaguar
O visconde partido ao meio
O dia de um escrutinador

Contos fantásticos do século XIX (org.)

ITALO CALVINO

A TRILHA DOS NINHOS DE ARANHA

Tradução:
ROBERTA BARNI

COMPANHIA DAS LETRAS

Título original:
Il sentiero dei nidi di ragno

Capa:
Raul Loureiro

Revisão:
Isabel Jorge Cury
Denise Pessoa

Dados Internacionais de Catalogação na Publicação (CIP)
(Câmara Brasileira do Livro, SP, Brasil)

Calvino, Italo
A trilha dos ninhos de aranha / Italo Calvino ; tradução Roberta Barni. — São Paulo : Companhia das Letras, 2004.

Título original: Il sentiero dei nidi di ragno
ISBN 85-359-0512-X

1. Romance italiano I. Título.

04-4447 CDD-853

Índice para catálogo sistemático:
1. Romances : Literatura italiana 853

2004

Todos os direitos desta edição reservados à
EDITORA SCHWARCZ LTDA.
Rua Bandeira Paulista 702 cj. 32
04532-002 — São Paulo — SP
Telefone (11) 3707-3500
Fax (11) 3707-3501
www.companhiadasletras.com.br

PREFÁCIO À SEGUNDA EDIÇÃO

Italo Calvino

Este romance é o primeiro que escrevi; quase posso dizer: a primeira coisa que escrevi, se excetuarmos alguns contos. Que impressão me causa, ao retomá-lo agora? Mais do que como uma obra minha, leio-o como um livro que surgiu anonimamente do clima geral de uma época, de uma tensão moral, de um gosto literário, que era aquele em que nossa geração se reconhecia depois do fim da Segunda Guerra Mundial.

A explosão literária daqueles anos na Itália foi, mais que uma questão de arte, uma questão fisiológica, existencial, coletiva. Tínhamos vivido a guerra, e nós, os mais jovens — que mal tivéramos tempo de nos juntar aos *partigiani* —, não nos sentíamos esmagados, vencidos, "queimados", por ela, mas vencedores, impelidos pela força propulsora da luta recém-concluída, exclusivos depositários da sua herança. Não era otimismo fácil ou euforia gratuita, porém; nada disso: sentíamo-nos depositários de um sentido da vida como algo que pode recomeçar do zero, um furor problemático geral, até uma capacidade nossa de viver a aflição e o desbarate; mas a ênfase que púnhamos na vida era a de uma destemida alegria. Muitas coisas surgiram daquele clima, e também o tom dos meus primeiros contos e do primeiro romance.

Isso nos toca hoje, especialmente: a voz anônima da época, mais forte que nossas inflexões individuais ainda incertas. Ter saído de uma experiência — guerra, guerra civil — que não poupara ninguém, estabelecia uma comunicação imediata entre o escritor e seu público: estávamos frente a frente, em pé de igualdade, cheios de histórias para contar, cada qual tivera a sua, cada qual vivera vidas irregulares dramáticas aventureiras, roubávamos as palavras uns da boca dos outros. A renascida liberdade de falar para as pessoas foi, de início, vontade incontrolada de contar: nos trens que recomeçavam a funcionar, apinhados de gente e de sacos de farinha e de latas de óleo, cada passageiro narrava aos desconhecidos as vicissitudes por que havia passado, e assim cada cliente às mesas dos "refeitórios do povo", cada mulher nas filas dos estabelecimentos comerciais; o cinzento das vidas cotidianas parecia coisa de outros tempos; movíamo-nos num multicolorido universo de histórias.

Quem começou a escrever se viu, então, tratando da mesma matéria que o anônimo narrador oral: às histórias que tínhamos vivido pessoalmente ou das quais fôramos espectadores se somavam as que haviam nos alcançado já como narrações, com uma voz, uma inflexão, uma expressão mímica. Durante a guerra *partigiana* as histórias que acabávamos de viver se transformavam e se transfiguravam em histórias contadas à noite ao redor da fogueira, já adquiriam um estilo, uma linguagem, um humor um tanto fanfarrão, uma busca de efeitos angustiantes ou truculentos. Alguns dos meus contos, algumas páginas deste romance, têm na origem essa tradição oral recém-nascida, nos fatos, na linguagem.

Ainda assim, ainda assim, o segredo de como se escrevia então não estava somente nessa universalidade elementar dos conteúdos, não era essa a mola (talvez o fato de ter começado este prefácio evocando um estado de ânimo coletivo me faça esquecer que estou falando de um livro, coisa escrita, linhas de palavras na página branca); ao contrário, nunca foi tão claro que as histórias que se contavam eram material bruto: a carga explosiva de liberdade que animava o jovem escritor estava não tanto em sua vontade de documentar ou informar quanto na de *expressar*. Expressar o quê? A nós mesmos, o áspero sabor da vida do qual acabávamos de tomar conhecimento, tantas coisas que acreditávamos saber ou ser, e talvez naquele momento realmente soubéssemos e fôssemos. Personagens, paisagens, tiros, legendas políticas, palavras de jargão, palavrões, lirismos, armas e acasalamentos nada mais eram que cores da paleta, notas do pentagrama, sabíamos muito bem que o que contava era a música e não o libreto, nunca se viram formalistas tão obstinados como os conteudistas que éramos, nunca líricos tão efusivos como os objetivos que passávamos por ser.

O "neo-realismo", para nós que começamos dali, foi aquilo; e de suas qualidades e defeitos este livro constitui um catálogo representativo, nascido que é daquela ainda verde vontade de fazer literatura que era justamente da "escola". Porque quem hoje lembra o "neo-realismo" sobretudo como uma contaminação ou coação sofrida pela literatura por parte de motivos extraliterários desvirtua os termos da questão: na realidade, os elementos extraliterários estavam ali tão sólidos e indiscutíveis que pareciam um dado natural; o problema todo nos parecia ser de poética, como transformar em obra literária aquele mundo que para nós era *o* mundo.

O "neo-realismo" não foi uma escola. (Tentemos dizer as coisas com exatidão.) Foi um conjunto de vozes, em boa parte periféricas, uma descoberta múltipla das diversas Itálias, também — ou especialmente — das Itálias até então mais inéditas para a literatura. Sem a variedade de Itálias desconhecidas umas das outras — ou que se supunham desconhecidas —, sem a variedade dos dialetos e das gírias a serem fermentados e amalgamados na língua literária, não teria havido "neo-realismo". Mas não foi ligado à terra natal no sentido do verismo regional do século XIX. A caracterização local queria dar sabor de verdade a uma representação em que se devia reconhecer todo o vasto mundo: como o interior norte-americano naqueles escritores dos anos 30, dos quais muitos críticos nos censuravam ser discípulos diretos ou indiretos. Por isso a linguagem, o estilo, o ritmo eram tão importantes para nós, por causa desse nosso realismo, que tinha de ser o mais distante possível do naturalismo. Havíamos traçado uma linha, ou melhor, uma espécie de triângulo de onde partir: *Os Malavoglia*, *Conversa na Sicília*, *Paesi tuoi*, cada um com base no próprio léxico local e na própria paisagem. (Continuo falando no plural, como se me referisse a um movimento organizado e consciente, mesmo agora, quando explico que era exatamente o contrário. Como é fácil, ao falar de literatura, mesmo em meio à conversa mais séria, mais fundamentada nos fatos, passar inadvertidamente a contar histórias... Por isso, as conversas sobre literatura me incomodam cada vez mais, tanto as dos outros como as minhas.)

Minha paisagem era alguma coisa de ciosamente minha (é desse ponto que poderia começar o prefácio: reduzindo ao mínimo a introdução de "autobiografia de uma geração literária", e passando logo a falar do que me diz respeito diretamente, poderei talvez evitar as generalizações, as imprecisões...), uma paisagem que ninguém ainda tinha escrito de fato. (Salvo Montale — embora ele fosse da outra Riviera —, Montale, que me parecia poder ler quase sempre em chave de memória local, nas imagens e no léxico.) Eu era da Riviera di Ponente;* da paisagem da minha cidade — San Remo — apagava polemicamente todo o litoral turístico — avenida à beira-mar com palmeiras, cassinos, hotéis, mansões —, quase me envergonhando daquilo; começava pelos becos da Cidade Velha, seguia o curso das torrentes, evitava os campos geométricos dos cravos, preferia as "faixas" de vinhas e de oliveiras

(*) O litoral da Ligúria a oeste de Gênova. (N. T.)

com os velhos muros desconjuntados de pedra solta, avançava pelas trilhas de mulas subindo pelos morros de pragais, até onde começam os bosques de pinheiros, depois os castanheiros, e assim tinha passado do mar — sempre visto do alto, uma faixa contida entre dois bastidores de verde — aos vales tortuosos dos Pré-Alpes lígures.

Eu tinha uma paisagem. Mas para poder representá-la era preciso que ela se tornasse secundária a algo mais: a pessoas, a histórias. A Resistência representou a fusão entre paisagem e pessoas. O romance que de outro modo eu nunca teria conseguido escrever está aqui. O cenário cotidiano de toda a minha vida havia se tornado inteiramente extraordinário e romanesco: uma única história se desenrolava das escuras arquivoltas da Cidade Velha até o alto dos bosques; era o perseguir-se e o esconder-se de homens armados; até as mansões conseguia representar, agora que as vira requisitadas e transformadas em quartéis da guarda e em prisões; também os campos de cravos, desde que tinham se tornado terrenos a céu aberto, de travessia perigosa, evocando um debulhar de rajadas no ar. Foi dessa possibilidade de situar histórias humanas nas paisagens que o "neo-realismo"...

Neste romance (é melhor eu retomar o fio; para começar a fazer a apologia do "neo-realismo" é cedo demais; analisar os temas de distanciamento corresponde mais ao nosso estado de espírito, ainda hoje), os sinais da época literária se confundem com os da juventude do autor. A exacerbação dos temas da violência e do sexo acaba por parecer ingênua (hoje, que o paladar do leitor está acostumado a devorar alimentos bem mais ardentes) e intencional (que para o autor esses eram temas externos e provisórios, prova-o a seqüência de sua obra).

E igualmente ingênua e intencional pode parecer a mania de enxertar a discussão ideológica na narrativa, numa narrativa como esta, cuja chave de abordagem é totalmente outra: de representação imediata, objetiva, como linguagem e como imagem. Para satisfazer a necessidade do enxerto ideológico, recorri ao expediente de concentrar as reflexões teóricas num capítulo que se diferencia do tom dos outros, o 9, o das reflexões do comissário Kim, quase um prefácio inserido no meio do romance. Expediente que todos os meus primeiríssimos leitores criticaram, aconselhando-me um corte drástico do capítulo; embora compreendendo que a homogeneidade do livro sofria com isso (na época, a unidade estilística era um dos poucos critérios estéticos inabaláveis; ainda não ocorrera o retorno glorioso do avizinhamento de estilos e linguagens diferentes que hoje triunfam), agüentei firme: o livro nascera assim, com aquele quinhão heterogêneo e espúrio.

Também o outro grande futuro tema de discussão crítica, o tema da língua-dialeto, está aqui presente em sua fase ingênua: dialeto condensado em manchas de cor (ao passo que nas narrações que escreverei em seguida tentarei absorvê-lo por completo na língua, como um plasma vital mas oculto); escrita desigual que ora quase se torna rebuscada, ora flui, como vier, veio, cuidando apenas do efeito imediato; um repertório documental (expressões populares, canções) que quase atinge o folclore...

E, depois (continuo a lista dos sinais da idade, minha e geral; um prefácio escrito hoje só tem sentido se for crítico), o modo de representar a figura humana: traços exacerbados e grotescos, caretas contorcidas, obscuros dramas visceral-coletivos. O encontro com o expressionismo, ao qual a cultura literária e figurativa italiana tinha faltado no Primeiro Pós-Guerra, teve seu grande momento no Segundo. Talvez o verdadeiro nome daquela temporada italiana, mais que "neo-realismo", devesse ser "neo-expressionismo".

As deformações da lente expressionista, neste livro, projetam-se nos rostos que haviam sido de caros companheiros meus. Estudava como adulterá-los, torná-los irreconhecíveis, "negativos", porque só na "negatividade" encontrava um sentido poético. E, ao mesmo tempo, sentia remorso, para com a realidade tão mais variada e quente e indefinível, para com as pessoas verdadeiras, que conhecia como tão mais ricas e melhores humanamente, um remorso que carregaria comigo durante anos...

Este romance é o primeiro que escrevi. Que efeito me causa, ao relê-lo hoje? (Agora encontrei a questão: esse remorso. É desse ponto que devo começar o prefácio.) O mal-estar que por tanto tempo este livro provocou em mim em parte se atenuou, em parte permanece: é a relação com alguma coisa tão maior que eu, com emoções que envolveram todos os meus contemporâneos, e tragédias, e heroísmos, e ímpetos generosos e geniais, e obscuros dramas de consciência. A Resistência; como entra este livro na "literatura da Resistência"? Na época em que o escrevi, criar uma "literatura da Resistência" ainda era um problema aberto, escrever "o romance da Resistência" colocava-se como um imperativo; apenas dois meses depois da Libertação, as vitrines dos livreiros já mostravam *Uomini e no*, de Vittorini, contendo nossa dialética primordial de morte e de felicidade; os *gap** de Milão haviam tido logo seu romance, seqüência de rápidos impulsos pelo mapa concêntrico da cidade; nós, que fôramos *partigiani* das montanhas, teríamos gostado de ter o nosso romance, com nosso ritmo diferente, nosso diferente vaivém...

Não que eu fosse tão desprevenido culturalmente a ponto de não saber que a influência da história sobre a literatura é indireta, lenta e amiúde contraditória; sabia bem que muitos grandes eventos históricos passaram sem inspirar

(*) Sigla de Gruppo di Azione Patriottica: núcleo de *partigiani* que praticavam ações armadas nas grandes cidades italianas durante a Resistência. (N. T.)

nenhum grande romance, e isso até durante o "século do romance" por excelência; sabia que o grande romance do *Risorgimento* nunca fora escrito... Sabíamos tudo, não éramos ingênuos a tal ponto: mas creio que sempre que fomos testemunhas ou atores de uma época histórica nos sentimos investidos de uma responsabilidade especial...

A mim, essa responsabilidade acabava me levando a sentir o tema como demasiado importante e solene para minhas forças. E então, justamente para não deixar que o tema me subjugasse, decidi que o enfrentaria, sim, mas de esguelha. Tudo devia ser visto pelos olhos de um menino, num ambiente de moleques e vagabundos. Inventei uma história que ficasse à margem da guerra *partigiana*, de seus heroísmos e sacrifícios, mas que ao mesmo tempo transmitisse suas cores, o gosto áspero, o ritmo...

Este romance é o primeiro que escrevi. Como posso defini-lo, agora, ao reexaminá-lo tantos anos depois? (Tenho de recomeçar desde o início. Tinha me metido numa direção errada: acabaria demonstrando que este livro havia nascido de um expediente para escapar do engajamento; ao passo que, ao contrário...) Posso defini-lo como um exemplo de "literatura engajada" no sentido mais rico e pleno da palavra. Hoje, em geral, quando se fala de "literatura engajada", faz-se dela uma idéia errada, como uma literatura que serve de ilustração a uma tese já definida a priori, independentemente da expressão poética. Ao contrário, o que se chamava de *engagement*, o engajamento, pode aparecer em todos os níveis; aqui quer ser, acima de tudo, imagens e palavras, impulso, tom, estilo, desdém, desafio.

Já na escolha do tema há uma ostentação de atrevimento quase provocativo. Voltado para quem? Eu diria que queria combater simultaneamente em duas frentes, lançar um desafio aos difamadores da Resistência e ao mesmo tempo aos sacerdotes de uma Resistência hagiográfica e adocicada.

Primeira frente: depois de pouco mais de um ano da Libertação, a "respeitabilidade bem-pensante" já estava em plena revanche, e tirava proveito de todo aspecto contingente da época — as debandadas da juventude pós-bélica, o recrudescimento da delinqüência, a dificuldade no estabelecimento de uma nova legalidade — para exclamar: "Vejam, bem que nós sempre dissemos, esses *partigiani* são todos assim, não venham nos falar de Resistência, sabemos muito bem que tipo de ideal...". Foi nesse clima que escrevi meu livro, com o qual pretendia, paradoxalmente, responder aos bem-pensantes: "Está bem, vou fazer de conta que vocês têm razão, não vou representar os melhores *partigiani*, mas os piores possíveis, porei no centro do meu romance uma unidade totalmente formada por sujeitos um tanto tortos. Pois bem: o que muda? Mesmo nos que se lançaram na luta sem um motivo claro, agiu um impulso elementar de resgate humano, um impulso que os tornou cem mil vezes melhores que vocês, que fez com que se transformassem em forças históricas ativas que vocês jamais poderão sonhar ser!". O sentido dessa polêmica, desse desafio, está agora distante: e mesmo então, tenho de dizer, o livro foi lido simplesmente como romance, e não como elemento de discussão sobre um julgamento histórico. No entanto, se nele ainda se percebe borbulhar um quinhão de atmosfera provocativa, isso deriva da polêmica daqueles tempos.

Da dupla polêmica. Embora até a batalha na segunda frente, aquela interna à "cultura de esquerda", pareça agora distante. Mal começava a ser esboçada então a tentativa de uma "direção política" da atividade literária: pedia-se ao escritor que criasse o "herói positivo", que desse imagens normativas, pedagógicas, de conduta social, de militância revolucionária. Mal começava, disse: e devo acrescentar que nem sequer depois, aqui na Itália, tais pressões tiveram muita importância ou aprovação. No entanto, o perigo de que fosse atribuída à nova literatura uma função celebrante e didática estava no ar: quando escrevi este livro, isso era uma ligeira percepção, e eu já estava de cabelo em pé e unhas em riste contra a ameaça de uma nova retórica. (Ainda estava intacta nossa carga de anticonformismo, então: dote difícil de conservar mas que — apesar de ter conhecido alguns eclipses parciais — ainda nos sustenta, nesta época tão mais fácil mas não menos perigosa...) Minha reação daqueles tempos poderia ser enunciada assim: "Ah, é? Querem 'o herói socialista'? Querem o 'romantismo revolucionário'? Pois eu escrevo uma história de *partigiani* em que ninguém é herói, ninguém tem consciência de classe. Vou representar é o mundo das 'lingère',* o lumpemproletariado! (Conceito novo, para mim, então; e me parecia uma grande descoberta. Não sabia que tinha sido e continuaria sendo o território mais fácil para a narrativa.) E será a obra mais positiva, mais revolucionária de todas! Que importa quem já é herói, quem já tem consciência? O que temos de representar é o processo para chegar lá! Enquanto restar um único indivíduo aquém da consciência, nosso dever será cuidar dele, e somente dele!".

Era assim que eu pensava, e com essa fúria polêmica me lançava a escrever e a decompor os traços do rosto e da índole de pessoas que tivera por caríssimos companheiros, com quem, por meses e meses, dividira a marmita de castanhas e o risco da morte, por cuja sorte tremera, cuja indiferença ao deixar para trás qualquer vínculo e o modo de viver desligado de egoísmos eu tinha admirado, e de quem fazia máscaras contraídas por perpétuas caretas, caracterizações grotescas, condensava turvos claros-escuros — os que na minha ingenuidade juvenil imaginava fossem turvos claros-escuros —

(*) *Lingère*, no dialeto milanês, indica o mundo dos marginalizados, dos miseráveis, da pequena criminalidade. (N. T.)

em suas histórias... Para depois sentir um remorso que me acompanhou anos a fio...

Ainda tenho de recomeçar o prefácio, desde o início. Assim não está bom. Pelo que eu disse, parece que ao escrever este livro tudo estava bem claro na cabeça: os motivos de polêmica, os adversários a derrotar, a poética a sustentar... Ao contrário, se havia tudo isso, ainda se encontrava num estágio confuso e indefinido. Na realidade, o livro saía como por acaso, eu tinha começado a escrever sem ter em mente uma trama precisa, parti do personagem do moleque, ou seja, de um elemento de observação direta da realidade, um modo de se mexer, de falar, de se relacionar com os adultos, e, para dar ao livro uma sustentação romanesca, inventei a história da irmã, da pistola roubada ao alemão; depois a chegada entre os *partigiani* revelou-se uma passagem difícil, o salto do conto picaresco para a epopéia coletiva ameaçava mandar tudo pelos ares, eu tinha de inventar alguma coisa que me permitisse continuar mantendo a história toda no mesmo patamar, e inventei o destacamento do Esperto.

Era a narração que — como sempre acontece — impunha soluções quase obrigatórias. Mas nesse esquema, nesse desenho que ia se formando quase por si só, eu derramava minha experiência ainda fresca, uma multidão de vozes e rostos (deformava os rostos, dilacerava as pessoas como sempre faz quem escreve — de modo que a realidade vira argila, instrumento — e sabe que só assim pode escrever e, no entanto, sente remorso...), um rio de discussões e de leituras que se entrelaçavam com aquela experiência.

As leituras e a experiência de vida não são dois universos, mas um. Cada experiência de vida, para ser interpretada, elege determinadas leituras e com elas se funde. Que os livros sempre nascem de outros livros é uma verdade só aparentemente contraditória com a outra: que os livros nascem da vida prática e das relações entre os homens. Assim que terminamos a experiência de *partigiano*, encontramos (antes em partes espalhadas em revistas, depois por inteiro) um romance sobre a guerra da Espanha que Hemingway havia escrito seis ou sete anos antes: *Por quem os sinos dobram*. Foi o primeiro livro em que nos reconhecemos; foi daí que começamos a transformar em temas narrativos e frases o que tínhamos visto e ouvido e vivido, o destacamento de Pablo e de Pilar era o "nosso" destacamento. (Agora talvez este seja o livro de Hemingway de que menos gostamos; aliás, já naquela época, foi ao descobrir noutros livros do escritor americano — particularmente em seus primeiros contos — sua verdadeira lição de estilo que Hemingway se tornou o nosso autor.)

A literatura que nos interessava era a que trazia esse sentido de humanidade efervescente e de impiedade e de natureza: também os russos da época da Guerra Civil — isto é, antes que a literatura soviética se tornasse surrada e oleográfica —, nós os sentíamos como nossos contemporâneos. Sobretudo Bábel, de quem conhecíamos *Cavalaria vermelha*, traduzido na Itália já antes da guerra, um dos livros exemplares do realismo do nosso século, surgido da relação entre o intelectual e a violência revolucionária.

Mas também — em nível inferior — Fadeiev (antes de se tornar um funcionário da literatura soviética oficial), que escrevera seu primeiro livro, *A derrota*, com aquela sinceridade e aquele vigor (não lembro se já o tinha lido quando escrevi meu livro, e não vou verificar, não é isso que importa, de situações similares surgem livros que se parecem, em estrutura e espírito); Fadeiev, que soube terminar bem como havia começado, porque foi o único escritor stalinista, em 1956, que demonstrou ter compreendido até o fundo a tragédia da qual fora co-responsável (a tragédia em que Bábel e muitos outros verdadeiros escritores da Revolução perderam a vida), e que não tentou recriminações hipócritas mas que dali fez derivar a conseqüência mais implacável: um tiro na testa.

* * *

Essa é a literatura que está por trás d'*A trilha dos ninhos de aranha.* Mas na juventude todo livro novo que lemos é como um novo olho que se abre e modifica a visão dos outros olhos ou livros-olhos que tínhamos antes, e na nova idéia de literatura que eu ansiava fazer reviviam todos os universos literários que haviam me enfeitiçado desde o tempo da infância... Assim, pondo-me a escrever alguma coisa como *Por quem os sinos dobram*, de Hemingway, ao mesmo tempo procurava escrever alguma coisa como *A ilha do tesouro*, de Stevenson.

Quem logo entendeu isso foi Cesare Pavese, que adivinhou n'*A trilha* todas as minhas predileções literárias. Mencionou até Nievo, a quem eu quisera prestar uma homenagem secreta ao seguir, no encontro de Pin com Primo, o exemplo do encontro de Carlino com o Spaccafumo em *Confessioni d'un italiano.*

Pavese foi o primeiro a falar de tom fabular com relação a mim, e eu, que até então não tinha me dado conta disso, daquele momento em diante o soube até em demasia, e procurei confirmar a definição. Minha história começava a ser marcada, e agora toda ela me parece contida naquele início.

Talvez, no fundo, o primeiro livro seja o único que conta, talvez se devesse escrever esse e só, a grande arrancada só se dá nesse momento, a oportunidade de expressar-se aparece uma única vez, o nó que você carrega por dentro, ou você o desata dessa vez, ou nunca mais. Talvez a poesia só seja possível num momento da vida que para a maioria coincide com o auge da juventude. Passado esse momento, tenha você se expressado ou não (e você só vai saber disso depois de cem, cento e cinqüenta anos; os contemporâneos não podem ser bons juízes), dali em diante o jogo está feito, você só voltará para imitar os outros ou a si próprio, já não conseguirá dizer nenhuma palavra verdadeira, insubstituível...

* * *

Interrompo. Todo discurso baseado numa motivação puramente literária, se for verdadeiro, acaba neste xeque, neste malogro que escrever sempre é. Por sorte, escrever não é apenas um fato literário, mas também *outra coisa*. Mais uma vez sinto a necessidade de corrigir o andamento que o prefácio tomou.

Essa *outra coisa*, nas minhas preocupações daquele tempo, era uma definição do que fora a guerra *partigiana*. Eu passava as noites discutindo com um amigo da mesma idade, agora médico e na época estudante como eu. Para ambos a Resistência havia sido a experiência fundamental; para ele de maneira muito mais comprometedora, pois tinha dado por si assumindo sérias responsabilidades, e com pouco mais de vinte anos fora comissário de uma divisão *partigiana*, aquela de que eu também fizera parte como simples garibaldino. Então, a poucos meses da Libertação, parecia-nos que todos falavam da Resistência de modo errado, que uma retórica que estava se criando escondia sua verdadeira essência, seu caráter primordial. Seria difícil para mim, hoje, reconstituir aquelas discussões; lembro apenas nossa polêmica contínua contra todas as imagens mitificadas, nossa redução da consciência *partigiana* a um *quid* elementar, o que havíamos conhecido nos mais simples de nossos companheiros e que se tornava a chave da história presente e futura.

Meu amigo era um argumentador analítico, frio, sarcástico com qualquer coisa que não fosse um fato; a única personagem intelectual deste livro, o comissário Kim, pretendia ser um retrato dele; e alguma coisa de nossas discussões de então, da problemática do motivo de aqueles homens sem farda e sem bandeira combaterem, há de ter ficado em minhas páginas, nos diálogos de Kim com o comandante da brigada e em seus solilóquios.

O interior do livro eram essas discussões e, antes ainda,

todas as minhas reflexões sobre a violência, desde que eu me vira pegando em armas. Antes de me juntar aos *partigiani*, tinha sido um jovem burguês que sempre vivera em família; meu tranqüilo antifascismo era, acima de tudo, oposição ao culto da força guerreira, uma questão de estilo, de *sense of humour*, e de repente a coerência com minhas opiniões levava-me ao centro da violência *partigiana*, a medir-me com aquele parâmetro. Foi um trauma, o primeiro...

E, concomitantemente, as reflexões sobre o julgamento moral acerca das pessoas e sobre o sentido histórico das ações de cada um de nós. Para muitos dos meus coetâneos, só o acaso é que decidira de que lado deviam lutar; para muitos, de repente os lados se invertiam, de republicanos tornavam-se *partigiani* ou vice-versa; de um lado ou do outro atiravam ou levavam tiros; só a morte dava às suas escolhas uma marca irrevogável. (Foi Pavese que conseguiu escrever: "Todo morto se assemelha a quem fica, e lhe pede uma explicação", nas últimas páginas de *La casa in collina*, acuadas entre o remorso por não ter combatido e o esforço de ser sincero sobre os motivos de sua recusa.)

É isso: encontrei a abordagem para o prefácio. Durante meses, depois do fim da guerra, tinha tentado contar a experiência *partigiana* em primeira pessoa, ou com um protagonista parecido comigo. Escrevi alguns contos que publiquei, outros que joguei no cesto de lixo; movia-me pouco à vontade; nunca conseguia abrandar totalmente as vibrações sentimentais e moralistas; sempre surgia alguma desafinação; minha história pessoal parecia-me humilde, mesquinha; eu era cheio de complexos, de inibições diante de tudo o que me era mais caro.

Quando comecei a escrever histórias em que eu não entrava, tudo passou a funcionar: a linguagem, o ritmo, o arcabouço conceitual eram exatos, funcionais; quanto mais tornava a narração objetiva, anônima, mais ela me dava satisfação; e não só a mim, mas também a pessoas do ofício que fora conhecendo naqueles primeiros tempos do pós-guerra — Vittorini e Ferrata em Milão, Natalia e Pavese em Turim: não faziam mais reparos. Comecei a compreender que um conto, quanto mais objetivo e anônimo, mais meu era.

O dom de escrever com "objetividade" parecia-me então a coisa mais natural do mundo; nunca teria imaginado que o perderia tão cedo. Toda história avançava com perfeita segurança num mundo que eu conhecia tão bem: era essa a *minha* experiência, minha experiência multiplicada pelas experiências dos outros. E o sentido histórico, a moral, o sentimento estavam lá justamente porque eu os deixava implícitos, ocultos.

Quando comecei a desenvolver um conto sobre a personagem de um garoto *partigiano* que tinha conhecido nos bandos, não imaginava que me tomaria mais espaço que os outros. Por que se transformou em romance? Porque — compreendi depois — a identificação entre mim e o protagonista tornara-se algo mais complexo. A relação entre a personagem do menino Pin e a guerra *partigiana* correspondia simbolicamente à relação que eu percebera ter tido com a mesma guerra *partigiana*. A inferioridade de Pin como criança diante do mundo incompreensível dos adultos corresponde à que eu sentia na mesma situação, como burguês. E o descaramento de Pin, em virtude da sua tão gabada proveniência do mundo do crime, que o faz sentir-se cúmplice e quase superior a todo "fora-da-lei", corresponde ao jeito "intelectual" de estar à altura da situação, de nunca se espantar, de se defender das emoções... Assim, dada essa chave de transposições — mas foi só uma chave a posteriori, que fique bem claro, a qual me serviu mais tarde para explicar a mim mesmo o que eu havia escrito —, a história em que meu ponto de vista pessoal era banido voltava a ser a *minha* história...

Minha história era a da adolescência que durara demais, para o jovem que havia tomado a guerra como um álibi, em sentido próprio e em sentido figurado. Em poucos anos, de repente o álibi tinha se tornado um *aqui e agora*. Cedo demais, para mim; ou tarde demais: os sonhos sonhados por muito tempo, eu não estava preparado para vivê-los. Primeiro, a viravolta da guerra estranha, a transformação dos obscuros e refratários de ontem em heróis e chefes. Agora, na paz, o fervor das novas energias que animava todas as relações, que invadia todos os instrumentos da vida pública, e eis que mesmo o distante castelo da literatura se abria como um porto próximo e amigo, pronto a acolher o jovem interiorano com fanfarras e bandeiras. E uma energia amorosa eletrizava o ar, iluminava os olhos das garotas que a guerra e a paz tinham nos devolvido e tornado mais próximas, agora realmente coetâneas e companheiras, num entendimento que era o novo presente daqueles primeiros meses de paz, a encher de diálogos e de risadas as noites quentes da Itália ressuscitada.

Diante de cada possibilidade que se abria, eu não conseguia ser o que sonhara antes da hora do teste: tinha sido o último dos *partigiani*; era um namorado incerto e insatisfeito e inábil; a literatura não se abria para mim como um desenvolto e distanciado magistério, mas como um caminho em que eu não sabia por onde começar. Cheio de vontade e tensão juvenis, era-me negada a graça espontânea da juventude. O amadurecer impetuoso dos tempos só havia acentuado minha imaturidade.

O protagonista simbólico do meu livro foi, portanto, uma imagem de regressão: uma criança. Ao olhar infantil e ciumento de Pin, armas e mulheres tornavam a ser distantes e incompreensíveis; o que minha filosofia exaltava, minha poética transfigurava em aparições inimigas, meu excesso de amor tingia de infernal desespero.

Ao escrever, minha necessidade estilística era manter-me mais abaixo do que os fatos, o italiano de que eu gostava era o de quem "não fala italiano em casa", procurava escrever como teria escrito um hipotético "eu mesmo" autodidata.

A trilha dos ninhos de aranha surgiu desse senso de penúria absoluta, em parte sofrida até o tormento, em parte suposta e ostentada. Se hoje reconheço algum valor neste livro, é este: a imagem de uma força vital ainda obscura em que se ligam a indigência do "jovem demais" e a indigência dos excluídos e marginalizados.

Se digo que então fazíamos literatura de nosso estado de pobreza, não falo tanto de uma programação ideológica quanto de algo mais profundo que existia em cada um de nós.

Hoje, que escrever é uma profissão regular, que o romance é um "produto", com seu "mercado", sua "demanda" e sua "oferta", com suas campanhas de lançamento, seus sucessos e seus trâmites rotineiros, agora que os romances italianos são todos "de um bom nível médio" e fazem parte da quantidade de bens supérfluos de uma sociedade que se satisfez cedo demais, é difícil recordar o espírito com que tentávamos começar uma narrativa que ainda tinha de construir tudo com as próprias mãos.

Continuo usando o plural, mas já lhes expliquei que falo de algo disperso, não combinado, que provinha de diferentes cantos da província, sem causas explícitas em comum que não fossem parciais e provisórias. Mais que qualquer outra coisa, foi — digamos — uma potencialidade derramada no ar. E que logo se extinguiu.

Já nos anos 50 o quadro havia mudado, a começar pelos mestres: Pavese morto, Vittorini encerrado num silêncio de oposição, Moravia, que, num contexto diferente, ia adquirindo outro significado (não mais existencial, mas naturalista), e o romance italiano tomava seu curso elegíaco-moderado-sociológico em que todos acabamos cavando um nicho próprio mais ou menos confortável (ou encontrando nossos subterfúgios).

Mas houve quem continuasse no caminho daquela primeira epopéia fragmentária: em geral foram os mais isolados, os menos "integrados" que conservaram essa força. E foi o mais solitário de todos que conseguiu fazer o romance com que todos tínhamos sonhado, quando ninguém mais esperava, Beppe Fenoglio, e chegou a escrevê-lo mas não a terminá-lo (*Uma questão pessoal*), e morreu antes de vê-lo publicado, na plenitude de seus quarenta anos. O livro que nossa geração queria fazer já existe, e nosso trabalho tem um coroamento e um sentido, e só agora, graças a Fenoglio, podemos dizer que uma etapa se completou, só agora estamos certos de que realmente existiu: a etapa que vai d'*A trilha dos ninhos de aranha* a *Uma questão pessoal.*

Uma questão pessoal (que agora lemos no volume póstumo de Fenoglio, *Un giorno di fuoco*) é construído com a tensão geométrica de um romance de loucura amorosa e perseguições cavalheirescas como o *Orlando furioso*, e ao mesmo tempo lá está a Resistência exatamente como era, por dentro e por fora, verdadeira como nunca tinha sido escrita, guardada por tantos anos limpidamente pela memória fiel, e com todos os valores morais, tanto mais fortes quanto mais implícitos, e a comoção, e a fúria. E é um livro de paisagens, e é um livro de figuras rápidas e intensamente vivas, e é um livro de palavras precisas e verdadeiras. E é um livro absurdo, misterioso, no qual o que se persegue, persegue-se para perseguir outra coisa, e essa outra coisa para perseguir outra coisa ainda, e não se chega ao verdadeiro motivo.

Era para o livro de Fenoglio que eu queria fazer o prefácio: não para o meu.

Este romance é o primeiro que escrevi, quase a primeira coisa que escrevi. O que posso dizer dele, hoje? Direi isto: o primeiro livro, melhor seria nunca tê-lo escrito.

Enquanto o primeiro livro não está escrito, possuímos

aquela liberdade de começar que se pode usar uma única vez na vida, o primeiro livro já define você, ao passo que na realidade você ainda está longe de ser definido; e essa definição, depois você terá de carregá-la a vida toda, procurando confirmá-la ou aprofundá-la ou corrigi-la ou desmenti-la, mas não conseguindo nunca mais abrir mão dela.

E mais: para os que quando jovens começaram a escrever após uma daquelas experiências com "tantas coisas para contar" (a guerra, neste e em muitos outros casos), o primeiro livro logo se torna um diafragma entre você e a experiência, corta os fios que ligam você aos fatos, queima o tesouro da memória — aquilo que teria se tornado um tesouro se você tivesse tido a paciência de guardá-lo, se não tivesse tido tanta pressa de gastá-lo, de esbanjá-lo, de impor uma hierarquia arbitrária às imagens que você havia guardado, de separar as privilegiadas, supostas depositárias de uma emoção poética, das outras, as que pareciam dizer demais ou demasiadamente pouco a seu respeito para poder representá-las, enfim, de instituir com prepotência outra memória, uma memória transfigurada no lugar da memória global com suas linhas esbatidas, com sua infinita possibilidade de recuperação... Dessa violência que você lhe fez ao escrever, a memória nunca mais se recobrará: as imagens privilegiadas vão permanecer queimadas pela promoção precoce a temas literários, ao passo que as imagens que você quis guardar, talvez com a intenção secreta de utilizá-las em futuras obras, definharão, porque ficaram de fora da integridade natural da memória fluida e viva. A projeção literária, onde tudo é sólido e estabelecido de uma vez por todas, já tomou conta de todas as coisas, fez desbotar, esmagou a vegetação das recordações em que a vida da árvore e a do fio de grama se condicionam reciprocamente. A memória — ou melhor, a experiência, que é a memória mais a ferida que ela lhe deixou, mais a mudança que produziu em você e que o transformou —, a experiência, primeiro alimento da obra literária (mas não só dela), riqueza verdadeira do escritor (mas não só dele), logo que deu forma a uma obra literária, definha, destrói-se. O escritor dá por si como o mais pobre dos homens.

Assim olho para trás, para aquela temporada que a mim se apresentou repleta de imagens e significados: a guerra *partigiana*, os meses que contaram como anos e dos quais, por toda a vida, deveria ser possível continuar puxando rostos e advertências e paisagens e pensamentos e episódios e palavras e emoções: e tudo é distante e nebuloso, e as páginas escritas estão ali em descarada segurança, que bem sei ser enganadora, as páginas escritas já polemizando com uma memória que ainda era um fato presente, maciço, que parecia estável, que havia se dado de uma vez por todas, a *experiência* — que já não me adiantam, precisaria de todo o resto, justamente daquilo que não está lá. Um livro escrito nunca me consolará daquilo que destruí ao escrevê-lo: aquela experiência que, guardada por todos os anos da minha vida, talvez tivesse me servido para escrever o último livro e me bastou apenas para escrever o primeiro.

1964

A TRILHA DOS NINHOS DE ARANHA

Para Kim, e para todos os outros

1

Para chegar até o fundo do beco, os raios de sol têm de descer a prumo, rente às paredes frias, afastadas à força de arcadas que atravessam a faixa de céu azul intenso.

Descem a prumo, os raios de sol, deslizando pelas janelas espalhadas aqui e acolá, desordenadamente, pelos muros, e tufos de manjericão e orégano plantados em panelas nos parapeitos, e combinações penduradas em cordas; descem até a pavimentação, feita de seixos em degraus, com uma valeta no meio para a urina dos mulos.

Basta um grito de Pin, um grito para começar uma canção, de nariz para o alto na soleira da oficina, ou um grito lançado antes que a mão de Pietromagro, o sapateiro, tenha baixado sem mais, para lhe dar uns safanões, e dos parapeitos brota um eco de chamamentos e insultos.

— Pin! Vai começar tão cedo o tormento? Cante uma para a gente, Pin! Pin, pobrezinho, o que estão aprontando com você? Pin, sua fuça de macaco! Que sua voz se seque na garganta, de uma vez por todas! Você e aquele ladrão de galinhas do seu patrão! Você e aquele colchão da sua irmã!

Mas Pin já está no meio do beco, as mãos nos bolsos do casaco muito de gente grande para ele, e encara um por um, sem rir:

— Diga lá, Celestino, trate de calar a boca! Bonita essa sua roupa nova. Mas, diga, e aquele roubo de tecido nas Docas Novas, ainda não descobriram quem foi? Bom, mas o que isso tem a ver? Olá, Carolina, ainda bem aquela vez, não é? É, aquela vez! Ainda bem que seu marido não olhou debaixo da cama. Você também, Pascá, me disseram que aquilo aconteceu bem na sua terra. É, quando Garibaldi levou sabão para ele e seus conterrâneos comeram tudo. Comer sabão, Pascá, puta vida, por acaso você sabe quanto custa o sabão?

Pin tem uma voz rouca de menino velho: diz cada frase em voz baixa, sério, para de repente cair numa gargalhada em *i* que mais parece um assobio e as sardas vermelhas e pretas se amassarem ao redor dos seus olhos feito um enxame de vespas.

Quem zomba de Pin sempre sai perdendo: ele sabe tudo o que acontece no beco e nunca se sabe o que pode aprontar. Dia e noite debaixo das janelas a se esgoelar em canções e gritos, enquanto na oficina de Pietromagro pouco falta para a montanha de sapatos arrebentados enterrar a banca e transbordar na rua.

— Pin! Seu macaco! Sua cara feia! — grita uma ou outra mulher. — Se tratasse de trocar a sola dos meus chinelos em vez de ficar aqui o dia todo nos atormentando! Faz mais de mês que estão naquela pilha. Eu é que vou contar para o seu patrão quando ele for solto!

Pietromagro passa metade do ano na cadeia, porque nasceu azarado e quando tem algum roubo nas redondezas sempre é a ele que acabam metendo no xadrez. Volta e vê a montanha de sapatos arrebentados e a oficina aberta sem ninguém dentro. Então senta no banco, pega um sapato, vira-o e revira-o nas mãos, e torna a jogá-lo na pilha; depois segura a cara nas mãos ossudas, e pragueja. Pin chega assobiando e ainda não sabe de nada: eis que dá de cara com Pietromagro com aquelas mãos já no ar e aquelas pupilas emolduradas de amarelo e aquela cara negra de barba curta como pêlo de cachorro. Grita, mas Pietromagro já o apanhou e não o solta;

quando se cansa de bater nele, larga-o na oficina e se mete na taberna. Naquele dia, ninguém mais vai tornar a vê-lo.

À noite, a cada dois dias, o marinheiro alemão vai ter com a irmã de Pin. Enquanto ele vem subindo, Pin fica à sua espera no beco, para lhe filar um cigarro; nos primeiros tempos ele era generoso e lhe dava até três, quatro cigarros de uma vez só. Zombar do marinheiro alemão é fácil, porque ele não entende e olha com aquela cara branca, sem contornos, raspada até lá em cima, nas têmporas. Depois, quando se vai, dá para debochar dele pelas costas, com a certeza de que ele não vai se virar; é ridículo visto por trás, com aquelas duas fitas pretas descendo da boina de marinheiro até a bunda, que a jaqueta curta deixa descoberta, uma bunda carnuda, de mulher, com uma grande pistola alemã grudada nela.

— Cafetão... Cafetão... — o povo diz para Pin das janelas, em voz baixa, porém, porque com sujeitos como aquele é melhor deixar de brincadeira.

— Seus cornos... Seus cornos... — responde Pin, macaqueando-os e entupindo de fumaça garganta e nariz. Fumaça ainda áspera e amarga para sua garganta de criança, mas da qual é preciso se entupir até os olhos lacrimejarem e tossir com raiva, sabe-se lá por quê. Depois, de cigarro na boca, ir à taberna e dizer:

— Puta vida! Se alguém me pagar um trago, eu conto uma coisa que ainda vai me agradecer.

Na taberna estão sempre os mesmos homens, o dia inteiro, há anos, de cotovelos na mesa e queixo apoiado nos punhos, olhando as moscas na toalha de oleado e a mancha arroxeada no fundo dos copos.

— O que há? — diz Miscèl, o Francês. — Sua irmã baixou os preços?

Os outros riem e batem os punhos no metal do balcão:

— Dessa vez você levou a resposta que merecia, hein, Pin?

Pin fica ali olhando de baixo para cima, por entre sua franja de cabelos espetados que lhe tragam a testa.

— Puta vida! Exatamente como eu pensava. Vejam só, está sempre pensando em minha irmã. Vou lhes contar, não pára um só minuto de pensar nela: está apaixonado. Foi se apaixonar logo pela minha irmã, que coragem...

Os outros riem às gargalhadas e lhe dão tapinhas e lhe enchem o copo. Pin não gosta de vinho: raspa a garganta e arrepia a pele e dá na gente uma gana de rir, de gritar, de ser mau. Ainda assim bebe, manda copos de uma só vez, assim como engole fumaça, assim como à noite espia enojado a irmã na cama com homens nus, e vê-la é como uma carícia áspera por baixo da pele, um gosto amargo, como todas as coisas dos homens; fumo, vinho, mulheres.

— Cante, Pin — dizem. Pin canta bem, sério, empertigado, com aquela voz de menino rouco. Canta "As quatro estações".

Mas quando penso no porvir
de minha liberdade perdida
quisera beijá-la e depois morrer
enquanto ela dorme... sem saber...

Os homens escutam em silêncio, de olhos baixos, como se fosse um hino de igreja. Todos já estiveram na cadeia: quem nunca esteve na cadeia não é homem. E a antiga canção de presidiários é repleta daquele mal-estar que dá nos ossos à noite, na prisão, quando os carcereiros passam batendo nas grades com uma barra de ferro, e, aos poucos, as brigas, as imprecações se acalmam, e fica uma voz cantando aquela canção, como Pin agora, e ninguém grita para que ele pare.

Adoro à noite escutar
o grito da sentinela.
Adoro a lua que ao passar
ilumina minha cela.

Na cadeia, propriamente, Pin nunca esteve: aquela vez que o queriam levar para os *menores infratores*, fugiu. De vez em quando a guarda municipal o apanha por causa de alguma incursão pelos galpões do mercado de verduras, mas ele enlouquece todo o corpo da guarda de tanto gritar e chorar até que o deixam ir. Mas na cela do posto de guarda ele já ficou trancafiado, sim, um pouco, e sabe o que significa, por isso canta bem, com sentimento.

Pin conhece todas aquelas velhas canções que os homens da taberna lhe ensinaram, canções que contam casos de sangue; a que diz "Volte, Caserio..." e a de Peppino que mata o tenente. Depois, quando todos estão tristes e olham no arroxeado dos copos e escarram, Pin de repente dá uma pirueta no meio da fumaça da taberna, e entoa a plenos pulmões:

— *E toquei nos seus cabelos, e ela disse não, não esses, mais abaixo são mais belos, meu amor, se quer me amar, mais embaixo vai ter de tocar.*

Então os homens dão murros no metal do balcão e a criada põe os copos a salvo, e gritam "hiarru" e marcam o ritmo com as mãos. E as mulheres que estão na taberna, velhas beberronas de cara rubra, como a Bersagliera, saltitam esboçando um passo de dança. E Pin, com o sangue na cabeça e uma raiva que o faz ranger os dentes, esgoela-se na canção, dando tudo de si:

— *E toquei seu narizinho, e ela disse seu tolinho, desce mais, pro jardinzinho.*

E todos os outros, marcando o ritmo com as mãos para a velha Bersagliera que saltita, fazem o coro:

— *Meu amor, se quer me amar, mais embaixo vai ter de tocar.*

Naquele dia o marinheiro alemão vinha subindo de mau humor. Hamburgo, sua cidade, estava sendo carcomida pelas bombas todo dia, e todo dia ele esperava notícias da sua mulher, das suas crianças. Tinha um temperamento afetivo, o alemão, um temperamento de gente do Sul transplantado para um homem do mar do Norte. Enchera a casa de filhos, e agora, arrastado para longe pela guerra, procurava aliviar sua carga de calor humano apegando-se a prostitutas dos países ocupados.

— Nada cigarros ter — diz a Pin, que foi ao seu encontro para lhe dizer *guten Tag*. Pin começa a encará-lo atravessado.

— Bom, camarada, hoje também por estas bandas, é a saudade, não é?

Agora é o alemão que encara Pin atravessado; não entende.

— Por acaso veio ver minha irmã? — diz Pin com indiferença.

E o alemão:

— Irmã não em casa?

— Como assim, não está sabendo? — Pin faz uma cara tão falsa que parece ser cria de um mosteiro. — Não sabe que levaram a pobrezinha para o hospital? Doença brava, mas parece que agora tem cura, se for tratada a tempo. Claro, já fazia um tempinho que ela estava doente... No hospital, dá para acreditar?, a pobrezinha!

A cara do alemão fica branca feito leite coalhado: ele balbucia e sua:

— Hos-pi-tal? Do-en-ça?

Numa janela do mezanino aparece o busto de uma jovem com cara de cavalo e cabelos crespos.

— Não dê trela, Frick, não dê trela para esse sem-vergonha — grita. — Esta você me paga, sua fuça de macaco, por pouco não me arruína! Suba, Frick, não dê trela, ele estava brincando, o diabo que o carregue!

Pin faz uma careta para ela.

— Bem que teve calafrios, hein, camarada? — diz ao alemão, e se desvia por um beco.

Por vezes fazer uma brincadeira maldosa deixa um gosto amargo na boca, e Pin se vê sozinho a vagar pelos becos, e todos lhe gritam impropérios e o enxotam. É quando dá vontade de andar por aí com um bando de companheiros, companheiros a quem explicar onde é que as aranhas fazem seus ninhos, ou com quem lutar com as varas de bambu, no fosso. Mas os garotos não gostam de Pin: é amigo dos adultos, Pin, sabe dizer aos adultos coisas que os fazem rir e ficar zangados, não é como eles, que não entendem nada quando os adultos falam. Às vezes Pin gostaria de andar com os garotos da sua idade, pedir que o deixem brincar de cara-ou-coroa, e que lhe mostrem o caminho para um subterrâneo que chega até a praça do Mercado. Mas os garotos o deixam de lado, e a certa altura começam a bater nele; porque Pin tem dois braços bem fininhos e é o mais fraco de todos. Às vezes vão ter com Pin para lhe pedir explicações sobre coisas que acontecem entre mulheres e homens; mas Pin começa a zombar deles, gritando pelo beco, e as mães chamam os garotos:

— Costanzo! Giacomino! Quantas vezes eu já lhe disse para não andar com esse garoto tão malcriado!

As mães têm razão: Pin só sabe contar histórias de homens e mulheres na cama e de homens assassinados ou trancafiados na prisão, histórias que os adultos lhe ensinaram, espécies de fábulas que os adultos contam uns para os outros e que até seria bom ficar ouvindo se Pin não as intercalasse de zombarias e de coisas que vai adivinhar o que querem dizer.

E a Pin só resta refugiar-se no mundo dos adultos, dos adultos que também lhe dão as costas, dos adultos que também são incompreensíveis e distantes para ele, do mesmo modo que para os outros garotos, mas dos quais é mais fácil zombar, com aquela vontade de mulheres e aquele medo de polícia, até que se cansam e começam a enchê-lo de sopapos.

Agora Pin vai entrar na taberna enfumaçada e roxa, e vai dizer coisas obscenas, impropérios que aqueles homens nunca ouviram, até deixá-los furiosos e apanhar, e cantará canções tocantes, consumindo-se até chorar e fazê-los chorar, e vai inventar brincadeiras e caretas tão novas até se embriagar de risadas, tudo só para aliviar a névoa de solidão que se adensa em seu peito em noites como esta.

Mas na taberna os homens formam uma parede de costas que não tem aberturas para ele; e há um homem novo no meio deles, muito magro e sério. Os homens espiam Pin quando ele entra, depois espiam o desconhecido e dizem algumas palavras. Pin percebe que o clima está diferente; uma razão a mais para seguir em frente de mãos no bolso e dizer:

— Puta vida! A cara que o alemão fez, vocês tinham de ver.

Os homens não respondem com as tiradas de sempre. Voltam-se devagar, um por um. Miscèl Francês primeiro o encara como se nunca o tivesse visto, depois diz, vagaroso:

— Você é um porco imundo de um alcoviteiro.

O enxame de vespas na cara de Pin tem um sobressalto logo abrandado, depois Pin fala calmo, mas com olhos pequeninos:

— Depois vai me contar por quê.

O Girafa vira ligeiramente o pescoço em sua direção e diz:

— Vá embora, a gente não quer ter nada a ver com quem tem treta com alemães.

— Vai ver — diz Gian, o Motorista — que vão virar figurões do fascismo, você e sua irmã, com as relações que têm.

Pin procura fazer a cara de quando zomba deles.

— Depois vão me explicar o que isso tudo significa — diz. — Eu nunca tive nada a ver com o fascismo, nem com os *balilla*,* e minha irmã anda com quem lhe dá na telha mas não incomoda ninguém.

Miscèl coça um pouco a cara:

— Quando chegar o dia da virada, você me entende?, nós vamos fazer sua irmã andar por aí de cabeça raspada e nua

(*) No período fascista, *balilla* era o nome que se dava aos garotos de oito a quinze anos organizados em associações paramilitares. (N. T.)

feito uma galinha depenada... E para você... para você vamos aprontar uma que você nem consegue imaginar.

Pin nem pisca, mas dá para reparar que por dentro está sofrendo, e morde os lábios.

— Quando chegar o dia em que vocês ficarão mais espertos — diz —, vou lhes explicar como é que são as coisas. Primeiro, que eu e minha irmã não sabemos nada um da vida do outro e o alcoviteiro, vocês que façam esse papel, se lhes apetecer. Segundo, que minha irmã anda com os alemães não por ter alguma coisa a ver com eles, mas porque ela é internacional como a Cruz Vermelha, e assim como anda com eles, depois vai andar com os ingleses, com os negros, e com qualquer puto que vier depois. — (Essa conversa toda, Pin a aprendeu ouvindo os adultos, talvez até esses mesmos que estão conversando com ele. Por que é que agora é ele quem tem de lhes explicar?) — Terceiro, que tudo o que eu fiz com o alemão foi filar dele uma porção de cigarros, e em troca lhe preguei umas peças como a de hoje, mas agora vocês já me encheram o saco e eu não vou ficar aqui contando.

Mas a tentativa de desconversar não cola. Gian, o Motorista, diz:

— Isso lá é hora de brincar? Eu estive na Croácia e lá bastava que um bobo de um alemão se metesse com as mulheres de um lugarejo para ele nunca mais ser encontrado, muito menos seu cadáver.

Miscèl diz:

— Um dia desses vamos fazer você encontrar seu alemão num bueiro.

O desconhecido, que ficou o tempo todo calado, sem aprovar nem sorrir, puxa-o de leve pela manga:

— Melhor não ficar falando disso agora. Lembrem-se do que eu disse.

Os outros concordam e continuam olhando para Pin. O que podem querer dele?

— Ouça — diz Miscèl —, você viu que tipo de pistola o marinheiro tem?

— Uma baita de uma pistola é o que ele tem — responde Pin.

— Bom — diz Miscèl —, você vai trazer aquela pistola para a gente.

— E como é que eu vou fazer isso? — diz Pin.

— Vire-se.

— Mas como vou fazer, se ele sempre a carrega grudada na bunda? Peguem vocês.

— Bom, quero dizer: a certa altura ele tira ou não tira as calças? Então ele também tem de tirar a pistola, pode estar certo. Você vai e pega. Se vira...

— Se eu quiser.

— Ouça — diz o Girafa —, a gente não está de brincadeira, não. Se quiser ser um dos nossos, agora já sabe o que tem de fazer, caso contrário...

— Caso contrário?

— Caso contrário... Você sabe o que é um *gap*?

O desconhecido dá uma cotovelada no Girafa e meneia a cabeça: parece desaprovar os modos dos outros.

Para Pin, as palavras novas sempre têm uma aura de mistério, como se aludissem a algum fato obscuro e proibido. Um *gap*? O que será um *gap*?

— Claro que sei o que é — diz.

— E o que é? — pergunta o Girafa.

— É aquilo que f... você e toda a sua família.

Mas os homens não lhe dão trela. O desconhecido fez um sinal para que aproximem a cabeça e fala com eles baixinho, e parece repreendê-los por alguma coisa, e os homens fazem sinal de que ele tem razão.

Pin fica de fora disso tudo. Agora vai embora sem dizer nada, e daquela história da pistola é melhor não falar mais, era coisa sem importância, talvez os homens já a tenham esquecido.

Mas mal Pin chega à porta, o Francês levanta a cabeça e diz:

— Pin, então, quanto àquele negócio, estamos combinados.

Pin gostaria de recomeçar a bancar o bobo, mas de repente se sente uma criança no meio dos adultos e fica com a mão no umbral da porta.

— Caso contrário, melhor você nunca mais aparecer — diz o Francês.

Pin agora está no beco. Está anoitecendo e às janelas acendem-se as luzes. Ao longe, na torrente, os sapos começam a coaxar; nesta época do ano, à noite, os garotos ficam à espreita em volta dos laguinhos, para apanhá-los. Apertar sapo na mão dá uma sensação viscosa, escorregadia, lembram as mulheres, tão lisas e nuas.

Passa um garoto de óculos e meias compridas: Battistino.

— Battistino, você sabe o que é um *gap*?

Battistino pestaneja, curioso:

— Não, me diga, o que é?

Pin começa a gargalhar:

— Vá perguntar para sua mãe o que é um *gap*! Diga: mãe, me dá um *gap* de presente? Diz isso a ela: vai ver que ela explica!

Battistino vai embora todo sentido.

Pin sobe pelo beco, já quase escuro; sente-se só e desnorteado naquela história de sangue e corpos nus que é a vida dos homens.

2

No quarto da irmã, se olhar daquele jeito, sempre parece haver neblina; uma tira vertical cheia de coisas com a ofuscação da sombra em volta, e tudo parece mudar de tamanho conforme o olho se aproxima ou se afasta da fresta. É como olhar através de uma meia de mulher, e também o cheiro é o mesmo: o cheiro da sua irmã, que começa para lá da porta de madeira e que talvez emane daquelas roupas amarrotadas e daquela cama só ajeitada — uma esticada nos lençóis, sem sequer arejá-los.

A irmã de Pin sempre foi desleixada com os afazeres da casa, desde menina: Pin chorava bastante no colo dela, quando criança, com a cabeça cheia de crostas, e então ela o deixava na mureta do lavadouro e ia pular com os moleques nos retângulos traçados com giz pelas calçadas. De vez em quando voltava o navio do pai deles, e dele Pin só lembra os braços, grandes, nus, que o erguiam no ar, fortes braços marcados por veias escuras. Mas desde que a mãe deles morreu, suas vindas foram se tornando cada vez mais raras, até que ninguém mais o viu; dizia-se que ele tinha outra família numa cidade além do mar.

Agora, para morar, mais que um quarto Pin tem um quartinho de despejo, uma casinha de cachorro do outro lado de uma divisória de madeira, com uma janela que mais parece uma fenda, de tão estreita e alta que é, e profunda na inclinação do muro da velha casa. Do outro lado há o quarto da sua irmã, filtrado pela fresta da divisória, fresta de deixar os olhos vesgos de tanto girá-los para olhar tudo em volta. A explicação de todas as coisas do mundo está lá, atrás daquela divisória. Pin passou horas e horas ali, desde menino, e ali deixou seus olhos afiados feito pontas de alfinete; tudo o que acontece lá dentro ele sabe, embora a explicação ainda lhe escape e Pin acaba se enrolando toda noite na sua caminha, abraçando seu próprio peito. Então as sombras do quartinho de despejo se transformam em sonhos estranhos, de corpos se perseguindo, se batendo e se abraçando nus, até alguma coisa grande e quente e desconhecida chegar, e dominá-lo, a ele, Pin, e acariciá-lo e retê-lo no próprio calor, e isso é a explicação de tudo, um chamado longínquo de felicidade esquecida.

Agora o alemão anda pelo quarto de camiseta, com os braços rosados e gorduchos feito coxas, e de vez em quando fica em foco na fresta; a certa altura também dá para ver os joelhos da irmã rodando no ar e se metendo debaixo dos lençóis. Pin agora tem de se contorcer para saber onde vai ser deixado o cinturão com a pistola; está lá pendurado no espaldar de uma cadeira como uma fruta estranha e Pin gostaria de ter um braço tão fino quanto seu olhar para fazê-lo passar pela fresta, apanhar a arma e puxá-la para si. Agora o alemão está nu, de camiseta, e ri: sempre ri quando está nu, porque no fundo sua alma é pudica, de moça. Pula na cama e apaga a luz; Pin sabe que vai passar um pouco de tempo assim na escuridão e em silêncio, antes que a cama comece a gemer.

A hora é esta: Pin deveria entrar no quarto, descalço e de quatro e puxar o cinturão da cadeira sem fazer barulho: tudo isso não para fazer uma brincadeira e depois rir e zombar, mas para alguma coisa séria e misteriosa, dita pelos homens da taberna, com um reflexo opaco no branco dos olhos. No entanto, Pin gostaria de ser sempre amigo dos adultos, e que os adultos sempre brincassem com ele e o fizessem sentir íntimo. Pin adora os adultos, adora provocá-los, os adultos fortes e tolos, dos quais conhece todos os segredos, também adora o alemão, e agora este será um fato irreparável; talvez não poderá mais brincar com o alemão, depois disso; e também com os companheiros da taberna vai ser diferente, vai haver alguma coisa que o ligará a eles, da qual não se poderá rir e sobre a qual não se poderão dizer coisas obscenas, e eles olharão para ele sempre com aquela linha reta entre as sobrancelhas e lhe pedirão, em voz baixa, coisas cada vez mais estranhas. Pin gostaria de se deitar na sua caminha e ficar de olhos abertos e fantasiar, enquanto do outro lado o alemão bufa, e a irmã faz uns barulhos como se sentisse cócegas debaixo das axilas; fantasiar bandos de garotos que o aceitam como líder, porque ele sabe tantas coisas mais que eles, e todos juntos se revoltarem contra os adultos e bater neles e fazer coisas maravilhosas, coisas pelas quais até os adultos ficassem obrigados a admirá-lo e a querê-lo como líder, e ao mesmo tempo a gostar dele e a acariciar sua cabeça. Mas, não, ele tem de se mexer sozinho na noite, através do ódio dos adultos, e roubar a pistola do alemão, coisa que os outros garotos que brincam com pistolas de lata e espadas de madeira não fazem. Sabe-se lá o que diriam se amanhã Pin fosse ter com eles, e revelando-a aos poucos lhes mostrasse uma pistola de verdade, brilhante e ameaçadora e que parece estar a ponto de disparar sozinha. Talvez eles tivessem medo e Pin também talvez tivesse medo de segurá-la escondida debaixo da jaqueta: a ele bastaria uma daquelas pistolas para crianças, que disparam um raio de relâmpagos vermelhos, e com ela assustar tanto os adultos a ponto de fazê-los cair desmaiados e pedir-lhe piedade.

Mas que nada, Pin está de quatro na soleira do quarto, descalço, com a cabeça já para lá da cortina naquele cheiro de macho e fêmea que logo dá no nariz. Vê as sombras dos móveis no quarto, a cama, a cadeira, o bidê alongado sobre seu tripé. Pronto: da cama agora começa a se ouvir aquele diálogo de gemidos, agora se pode avançar de gatinhas tomando cuidado para não fazer barulho. Mas talvez Pin ficasse contente se o chão rangesse, o alemão de repente ouvisse e acendesse a luz, e ele fosse obrigado a fugir descalço com sua irmã correndo atrás dele e gritando: Porco! E que a vizinhança toda ouvisse e se falasse disso na taberna também, e ele pudesse contar a história para o Motorista e para o Francês, com tantos detalhes a ponto de acreditarem em sua boa-fé e assim levá-los a dizer: "Chega. Não deu certo. Não se fala mais nisso".

O chão de fato range, mas muitas coisas rangem naquele momento e o alemão não ouve: Pin já chegou a tocar o cinturão, e o cinturão é uma coisa concreta ao tato, não mágica, e desliza pelo espaldar da cadeira de modo espantosamente fácil, sem nem sequer bater no chão. Agora "a coisa" aconteceu: o medo fingido de antes se torna medo de verdade. É preciso enrolar depressa o cinturão ao redor do coldre, e esconder tudo debaixo do pulôver sem meter os pés pelas mãos: depois voltar, de quatro, sobre os próprios passos, devagarinho, sem nunca tirar a língua de entre os dentes: talvez, se tirasse a língua de entre os dentes, alguma coisa espantosa acontecesse.

Uma vez fora, não há que pensar em voltar para sua caminha, esconder a pistola debaixo do colchão como as maçãs roubadas na feira. Daqui a pouco o alemão vai se levantar e vai procurar a pistola, e vai deixar tudo de pernas para o ar.

Pin sai para o beco: não é que a pistola esteja pegando fogo em suas mãos; assim escondida na sua roupa é um objeto como outro qualquer, e dá até para esquecer que o temos; aliás, não é boa essa indiferença e ao lembrar disso Pin gostaria de sentir um arrepio. Uma pistola de verdade. Pin tenta se empolgar com esse pensamento. Alguém que tem uma pistola de verdade pode tudo, é como um homem adulto. Pode fazer tudo o que quiser com as mulheres e com os homens, ameaçando matá-los.

Pin agora vai empunhar a pistola e vai andar o tempo todo com ela apontada: ninguém poderá tirá-la dele e todos terão medo. No entanto, está com ela ainda enroscada no novelo do cinturão, debaixo do pulôver, e não se resolve a tocá-la, quase esperando que quando for procurá-la ela não esteja mais lá, que tenha sumido no calor do seu corpo.

O lugar para olhar a pistola é um vão de escada bem escondido onde a gente se mete para brincar de esconde-esconde, alcançado pelo reflexo da luz de um lampião zarolho. Pin desenrola o cinturão, abre o coldre e, com um gesto parecido com o de puxar um gato pelo pescoço, puxa a pistola: é realmente grande e ameaçadora, se Pin tivesse coragem de brincar com ela, fingiria que é um canhão. Mas Pin a manuseia como se fosse uma bomba; a trava de segurança, onde estará a trava de segurança?

No fim decide empunhá-la, mas cuida de não colocar os dedos debaixo do gatilho, segurando bem firme a coronha; ainda assim é possível empunhar direito e apontá-la para o que quisermos. Pin antes aponta para o tubo da goteira, à queima-roupa na chapa, depois para um dedo, um dedo seu, e faz cara feroz puxando a cabeça para trás e dizendo entre os dentes: "A bolsa ou a vida", depois acha um sapato velho e aponta para o sapato velho, para o calcanhar, depois dentro, depois passa a boca da arma sobre as costuras da gáspea. É uma coisa muito divertida: um sapato, um objeto tão conhecido, especialmente para ele, aprendiz de sapateiro, e uma pistola, um objeto tão misterioso, quase irreal; fazendo um objeto encontrar o outro, podemos fazer coisas que nunca imaginamos, podemos fazê-los representar histórias maravilhosas.

Mas a certa altura Pin não resiste mais à tentação e aponta a pistola para a própria testa: é uma coisa de dar tonturas. Para a frente, até tocar a pele e sentir o frio do metal. Até poderia passar o dedo pelo gatilho, agora: não, melhor apertar a boca do cano contra a face até machucar o osso, e sentir o aro de metal vazio por dentro, de onde nascem os disparos.

Afastando a arma da testa, de chofre, talvez o repuxo de ar faça explodir um tiro: não, não explode. Agora se pode colocar o cano na boca e sentir o sabor debaixo da língua. Depois, o mais amedrontador de tudo, levá-lo aos olhos e olhar para dentro, no cano escuro que parece fundo como um poço. Certa vez Pin viu um garoto que tinha atirado no próprio olho com uma espingarda de caça, quando estava sendo levado para o hospital: tinha um enorme coágulo de sangue que lhe cobria metade do rosto, e a outra metade estava toda cheia de pontinhos pretos da pólvora.

Agora Pin brincou com a pistola de verdade, brincou o bastante: pode dá-la para aqueles homens que a haviam pedido, não vê a hora de entregá-la. Quando não a tiver mais será como se não a tivesse roubado e de nada vai adiantar o alemão ficar enfurecido com ele, Pin poderá zombar dele de novo.

O primeiro impulso seria entrar correndo na taberna, anunciando aos homens: "Estou com ela bem firme aqui!", em meio ao entusiasmo de todos, que exclamam: "Não pode ser!". Depois lhe parece que seria mais engraçado perguntar a eles: "Adivinham o que eu trouxe?", e irritá-los um pouco antes de contar. Mas, claro, eles pensarão na pistola na hora, dá na mesma então entrar logo no assunto, e começar contando para eles a história de dez modos diferentes, dando a entender que não deu certo, e quando eles não estiverem agüentando mais e não estiverem entendendo mais nada, deixar a pistola em cima da mesa e dizer: "Olhem só o que eu achei no meu bolso", para ver com que cara eles ficam.

Pin entra na taberna na ponta dos pés, calado; os homens ainda estão confabulando em volta de uma mesa, com os cotovelos que parecem ter criado raízes ali. Só aquele homem desconhecido não está mais lá, e sua cadeira está vazia. Pin está atrás deles e eles não perceberam: espera que de repente o vejam e tenham um sobressalto, soltando para cima dele uma saraivada de olhares interrogativos. Mas ninguém se vira.

Pin mexe numa cadeira. O Girafa vira o pescoço, dá uma espiada nele; depois torna a falar, em voz baixa.

— Tudo bem aí? — diz Pin.

Dão uma olhada nele.

— Cara feia — diz o Girafa, amigável.

Ninguém diz mais nada.

— Então — diz Pin.

— Então — diz Gian, o Motorista —, o que conta de novo?

Pin está meio derrubado.

— Bem — diz o Francês —, está desanimado? Cante uma para nós, Pin.

"Pois é", pensa Pin, "eles também estão se fazendo de idiotas, mas não estão agüentando de curiosidade."

— Vamos lá — diz. Mas não começa: está com a garganta grudada, seca, como quando temos medo de chorar.

— Vamos lá — repete. — Qual eu canto?

— Qual? — diz Miscèl.

E o Girafa:

— Que tédio esta noite, gostaria de já estar dormindo.

Pin não agüenta mais a brincadeira.

— E aquele homem? — pergunta.

— Quem?

— Aquele homem sentado ali, antes?

— Ah — dizem os outros, e balançam a cabeça. Depois recomeçam a confabular entre si.

— Eu — diz o Francês aos outros — com esses sujeitos do comitê não me comprometeria muito. Não estou a fim de entrar bem pela bela cara deles.

— Bem — diz Gian, o Motorista. — Nós fizemos o quê? Dissemos: vamos ver. Para começar é bom ter uma ligação com eles sem nos comprometermos, e ganhar tempo. E depois com os alemães eu tenho uma conta para acertar desde que estávamos juntos no front, e se tiver de lutar, luto com prazer.

— Bem — diz Miscèl. — Olha que com os alemães não

se brinca e nunca se sabe como vai acabar. O comitê quer que sejamos do *gap*; muito bem, nós faremos um *gap* por nossa conta.

— Para começar — diz o Girafa —, mostramos que estamos do lado deles, e nos armamos. Uma vez armados...

Pin está armado: sente a pistola debaixo da jaqueta e coloca a mão em cima, como se quisessem tirá-la dele.

— Vocês têm armas? — pergunta.

— Não pense nisso — diz o Girafa. — Trate de pensar é naquela pistola do alemão, como combinamos.

Pin ouve atentamente; agora dirá: adivinhem, dirá.

— Trate de não perdê-la de vista, se ficar ao seu alcance...

Não está sendo como Pin queria, por que estão ligando tão pouco para ele, agora? Gostaria de ainda não ter pegado a pistola, gostaria de voltar até o alemão e colocá-la de volta em seu lugar.

— Por uma pistola — diz Miscèl —, não vale a pena arriscar. Depois, é um modelo antiquado: pesado, trava.

— Enquanto isso — diz o Girafa —, precisamos mostrar ao comitê que estamos fazendo alguma coisa, isso é importante. — E continuam confabulando em voz baixa.

Pin não escuta mais nada: agora tem certeza de que não dará a pistola para eles; está com os olhos marejados de lágrimas e uma raiva lhe aperta as gengivas. Os adultos são uma raça ambígua e traidora, não têm aquela seriedade terrível nas brincadeiras, própria dos garotos, e, no entanto, também têm lá suas brincadeiras, cada vez mais sérias, uma brincadeira dentro da outra, e nunca se consegue entender qual é a verdadeira. Antes parecia que estavam brincando com o homem desconhecido contra o alemão, agora sozinhos contra o homem desconhecido, nunca dá para confiar no que dizem.

— Bem, cante alguma coisa para nós, Pin — dizem agora, como se nada tivesse acontecido, como se não tivesse havido um pacto muito sério entre ele e os outros, um pacto consagrado por uma palavra misteriosa: *gap*.

— Vamos lá — diz Pin, com os lábios tremendo, pálido. Sabe que não pode cantar. Gostaria de chorar, mas explode num grito em *i* que estoura os tímpanos e acaba numa enxurrada de impropérios. — Bastardos, filhos daquela cadela sarnenta da sua mãe, vaca suja imunda puta!

Os outros ficam olhando o que deu nele, mas Pin já fugiu da taberna.

Lá fora, o primeiro impulso seria procurar aquele homem, o que chamam de "comitê", e lhe dar a pistola: agora é a única pessoa por quem Pin sente respeito, embora antes, tão calado e sério, lhe inspirasse desconfiança. Mas agora é o único que poderia compreendê-lo, admirá-lo por seu gesto, e talvez o levasse consigo para fazer a guerra contra os alemães, só eles dois, armados de pistola, a postos nas esquinas das ruas. Mas sabe-se lá onde estará Comitê agora, não dá para perguntar por aí, ninguém o tinha visto antes.

A pistola fica com Pin e Pin não vai entregá-la a ninguém e não dirá a ninguém que a tem. Só dará a entender que tem uma força terrível e todos lhe obedecerão. Quem tem uma pistola de verdade deveria fazer umas brincadeiras maravilhosas, brincadeiras que nenhum garoto nunca fez, mas Pin é um garoto que não sabe brincar, que não sabe participar das brincadeiras, nem dos adultos, nem dos garotos. E além disso Pin agora irá para longe de todos e vai brincar sozinho com sua pistola, fará brincadeiras que ninguém mais conhece e ninguém mais poderá saber.

É tarde da noite: Pin foi deixando o aglomerado das velhas casas, pelos caminhos que passam por entre as hortas e os barrancos atulhados de lixo. Na escuridão os alambrados que cercam as sementeiras lançam uma rede de sombras sobre a terra cinza-lunar; as galinhas agora dormem empoleiradas nos galinheiros e os sapos estão todos fora da água e fazem coro ao longo de toda a torrente, da nascente à foz. Vai saber o que aconteceria se atirasse num sapo: talvez só restasse uma baba verde esguichada em algumas pedras.

Pin anda pelas trilhas que contornam a torrente, lugares íngremes, onde ninguém planta nada. Há caminhos que só ele conhece e que os outros garotos dariam tudo para conhecer: há um lugar onde as aranhas fazem ninho, e só Pin sabe, e é o único de todo o vale, talvez da região toda, a saber: nunca nenhum garoto soube de aranhas que fazem ninho, a não ser Pin.

Talvez um dia Pin encontre um amigo, um verdadeiro amigo, que o compreenda e que ele possa compreender, e então para ele, só para ele, Pin mostrará o lugar das tocas das aranhas. É um atalho pedregoso que desce para a torrente entre duas paredes de terra e grama. Ali, em meio à grama, as aranhas fazem suas tocas, uns túneis forrados de cimento de grama seca; mas o mais maravilhoso é que as tocas têm uma portinha, também feita daquela massa seca de grama, uma portinha redonda que pode ser aberta e fechada.

Quando aprontou alguma feia e de tanto rir seu peito se encheu de uma tristeza opaca, Pin vagueia sozinho pelas trilhas do fosso e procura o lugar onde as aranhas fazem sua toca. Com um graveto comprido pode-se alcançar o fundo de uma toca, e espetar a aranha, uma pequena aranha preta, com uns desenhinhos cinzentos como nos vestidos de verão das velhas carolas.

Pin diverte-se em desmanchar as portas das tocas e espetar as aranhas nos gravetos, e também em apanhar grilos e olhar de perto para aquelas caras absurdas de cavalos verdes, e depois em cortá-los em pedaços e fazer estranhos mosaicos com suas patas em cima de uma pedra lisa.

Pin é maldoso com os bichos: são seres monstruosos e incompreensíveis como os homens; deve ser um horror ser um bichinho, ou seja, ser verde e cagar em gotas, e ter sempre medo de que chegue um ser humano como ele, com uma cara enorme cheia de sardas vermelhas e pretas e com dedos capazes de fazer os grilos em pedacinhos.

Agora Pin está só entre as tocas das aranhas e a noite a

seu redor é infinita, como o coro dos sapos. Está só, mas tem a pistola consigo, e agora coloca o cinturão com o coldre sobre a bunda, como o alemão; só que o alemão é gordo e para Pin o cinturão pode ficar a tiracolo, como as bandoleiras daqueles guerreiros que se vêem no cinema. Agora dá para sacar a pistola com um grande gesto, como se desembainhasse uma espada, e também para dizer: "Atacar, meus bravos!", como fazem os garotos quando brincam de pirata. Mas sabe-se lá que prazer sentem aqueles fedelhos ao dizer e fazer aquelas coisas: Pin, depois de ter dado uns saltos pelo prado, com a pistola apontada para as sombras das toras de oliveira, já está cheio e não sabe mais o que fazer com a arma.

As aranhas subterrâneas naquele momento roem vermes ou se acasalam, os machos com as fêmeas soltando fios de baba: são seres nojentos como os homens, e Pin enfia o cano da pistola na entrada da toca com vontade de matá-las. Sabe-se lá o que aconteceria se desse um tiro, as casas estão distantes e ninguém entenderia de onde veio. Depois, os alemães e os da milícia não raro atiram à noite em quem anda por aí durante o toque de recolher.

Pin está com o dedo no gatilho, com a pistola apontada para a toca de uma aranha: resistir à vontade de apertar o gatilho é difícil, mas decerto a pistola está com a trava de segurança e Pin não sabe como se tira.

De repente o tiro sai assim tão de chofre que Pin nem sequer se deu conta de que apertou o gatilho: a pistola dá um salto para trás em sua mão, fumegante e toda suja de terra. O túnel da toca desabou, sobre ele há um pequeno desmoronamento de terra e a grama em volta está requeimada.

Pin é tomado antes de susto, e depois de alegria: tudo foi tão bonito e o cheiro da pólvora é tão bom. Mas o que o assusta de verdade é que os sapos se calam de repente, e não se ouve mais nada, como se aquele disparo tivesse matado a Terra toda. Depois um sapo, muito longe, recomeça a cantar, e depois outro mais próximo, e outros mais próximos ainda, até que o coro recomeça e Pin tem a impressão de que eles estão gritando alto, muito mais alto do que antes. E nas casas um cão late e uma mulher começa a chamar pela janela. Pin não vai atirar mais porque aqueles silêncios e aqueles ruídos lhe metem medo. Mas numa outra noite vai voltar e não haverá nada capaz de assustá-lo e então vai disparar todas as balas da pistola até contra os morcegos e os gatos que rondam os galinheiros àquela hora.

Agora é preciso encontrar um lugar onde esconder a pistola: a cavidade de uma oliveira; ou melhor: enterrá-la, ou, melhor ainda, cavar um nicho na parede de grama onde ficam os ninhos das aranhas e cobrir tudo com húmus e grama. Pin cava com as unhas num ponto onde o húmus já está todo desgastado pelos tantos túneis das aranhas, coloca ali dentro a pistola no coldre, que tirou do cinturão, e recobre tudo com húmus e grama, e pedaços de paredes de tocas, mastigados pelas bocas das aranhas. Depois coloca umas pedras de modo que só ele possa reconhecer o lugar, e vai embora chicoteando as moitas com a tira do cinturão. O caminho de volta é pelos *beudi*, os pequenos canais acima do fosso, com uma fileira estreita de pedras para se andar.

Ao caminhar Pin arrasta a ponta do cinturão na água da valeta e assobia para não ouvir o coaxar dos sapos, que parece se amplificar cada vez mais.

Depois lá estão as hortas e o lixo e as casas: e chegando ali Pin ouve vozes não italianas falando. Há o toque de recolher, mas mesmo assim ele anda bastante por aí à noite, porque é uma criança e as patrulhas não falam nada. Mas desta vez Pin tem medo, porque talvez aqueles alemães estejam ali procurando quem atirou. Estão vindo em sua direção e Pin gostaria de fugir, mas eles já estão gritando alguma coisa e o alcançam. Pin encolheu-se num gesto de defesa, com a tira do cinturão feito um chicote. Mas eis que os alemães olham justamente para a tira do cinturão, é o que eles querem; e de repente o pegam pela nuca e o levam embora. Pin diz uma porção de coisas: orações, lamentos, insultos, mas os alemães não entendem nada; são piores, muito piores que os guardas municipais.

No beco há até umas patrulhas alemãs e fascistas armadas, e pessoas detidas, Miscèl, o Francês, também. Fazem Pin passar no meio deles, ao subir pelo beco. Está escuro: somente no alto dos degraus tem um ponto iluminado por um lampião zarolho por causa do obscurecimento bélico.

À luz do lampião zarolho, no alto do beco, Pin vê o marinheiro com a cara gorda, enfurecida, apontando um dedo para ele.

3

Os alemães são piores que os guardas municipais. Com os guardas, pelo menos, podíamos brincar, dizer: "Se me soltarem, vou dar um jeito de vocês irem de graça para a cama com minha irmã".

Mas os alemães não entendem o que dizemos, os fascistas são pessoas desconhecidas, gente que nem sabe quem é a irmã de Pin. São duas raças especiais: assim como os alemães são avermelhados, carnudos e imberbes, os fascistas são morenos, ossudos, com caras azuladas e bigodes de rato.

No comando alemão, de manhã, o primeiro a ser interrogado é Pin. Diante dele estão um oficial alemão com cara de criança e um intérprete fascista de barbicha. Depois, num canto, o marinheiro e, sentada, a irmã de Pin. Todos estão com cara aborrecida: ao que parece o marinheiro, por uma pistola roubada, deve ter armado toda uma história, talvez para que não o acusem de ter deixado que a roubassem, e deve ter contado muitas coisas falsas.

O cinturão está na mesa do oficial, e a primeira pergunta dirigida a Pin é: como é que isso foi parar na sua mão? Pin está meio dormindo: passaram a noite deitados no chão de um corredor e Miscèl, o Francês, colocou-se a seu lado e toda vez que Pin estava para cair no sono Miscèl lhe dava uma cotovelada tão forte a ponto de machucar, e lhe dizia, rápido e baixinho, como num sopro:

— Se você falar, a gente te arranca o couro.

E Pin:

— Morre de uma vez.

— Nem se baterem em você, entendeu? Não pode dizer uma palavra sobre a gente.

E Pin:

— Quero mais é que você morra.

— Pode estar certo que, se os outros não me virem voltar para casa, vão tirar o couro de você.

E Pin:

— Quero mais é que você morra de câncer na alma.

Miscèl é um sujeito que antes da guerra trabalhava na França, nos hotéis, e tinha uma boa vida, embora de vez em quando o chamassem de *macaronì* ou *cochon fasciste*; depois, em 1940, começaram a mandá-lo para os campos de concentração e daí em diante tudo deu errado: desemprego, repatriação, marginalidade.

As sentinelas a certa altura perceberam aqueles cochichos entre Pin e o Francês e levaram o garoto embora, porque ele era o principal indiciado e não tinha de se comunicar com ninguém. Pin não conseguiu dormir. Levar pancadas não era novidade, e isso não lhe dava muito medo, mas o que o atormentava era a dúvida sobre a postura a assumir durante o interrogatório. De um lado ele gostaria de se vingar de Miscèl e de todos os outros e dizer logo aos comandantes alemães que a pistola ele a tinha entregado aos caras da taberna e que lá também estava o *gap*; mas ser dedo-duro era tão irreparável como roubar a pistola, queria dizer nunca mais deixar que lhe pagassem bebida na taberna, nem cantar ou ficar ouvindo obscenidades. E além disso Comitê talvez também acabasse pagando o pato, e disso Pin não gostaria, porque Comitê era a única pessoa boa de todos eles. Pin agora gostaria que Comitê chegasse, enrolado em sua capa de chuva, entrasse na sala de interrogatório e dissesse: "Fui eu quem lhe disse para pegar a pistola". Esse seria um belo gesto, digno dele, e nem lhe aconteceria nada, porque bem na hora em que os SS ameaçassem prendê-lo se ouviria, como no cinema: "Os nossos estão chegando!", e os homens de Comitê entrariam correndo para libertar todo mundo.

— Eu achei — responde Pin ao oficial alemão que lhe perguntou sobre o cinturão. Então o oficial levanta o cinturão e lhe dá uma chicotada na face, com toda a sua força. Pin por pouco não vai para o chão, sente como se uma revoada de agulhas se fincasse em suas sardas, e o sangue lhe escorrer pela face já inchada.

A irmã solta um grito. Pin não pode deixar de pensar quantas vezes ela bateu nele, quase tão forte assim, e que é uma mentirosa bancando a sensível daquele jeito. O fascista leva a irmã embora, o marinheiro começa uma conversa alemã complicada apontando Pin, mas o oficial manda que ele se cale. Perguntam a Pin se resolveu dizer a verdade: quem mandou roubar a pistola?

— Eu peguei a pistola para atirar num gato e depois ia devolver — diz Pin, mas não consegue fazer cara de ingênuo, sente-se todo inchado e tem uma vontade remota de carinhos.

Uma nova chicotada na outra face, mais fraca, porém. Mas Pin, que se lembra do seu método com os homens da guarda municipal, solta um grito dilacerante ainda antes que o cinto o toque, e não pára mais. Começa uma cena em que Pin pula berrando e chorando pela sala e os alemães atrás dele para apanhá-lo ou chicoteá-lo, e ele grita, choraminga, insulta e responde com respostas cada vez mais inverossímeis às perguntas que continuam lhe fazendo.

— Onde você pôs a pistola?

Agora Pin pode até dizer a verdade:

— Nas tocas das aranhas.

— Onde ficam?

Pin no fundo preferiria ser amigo desses homens; os guardas municipais também sempre o surram e depois começam a fazer brincadeiras sobre sua irmã. Se entrassem num acordo seria bom explicar para esses sujeitos onde as aranhas fazem ninho, e que eles se interessassem e fossem com ele, que lhes mostraria todos os lugares. Depois iriam juntos para a taberna comprar vinho e depois todos para o quarto da sua irmã, para beber, fumar e vê-la dançar. Mas os alemães e os fascistas são raças imberbes ou azuladas, com quem não dá para a gente se entender, e continuam batendo nele e Pin nunca lhes dirá onde ficam os ninhos de aranha, nunca contou para os amigos, que dirá a eles.

Chora, em vez disso, um choro enorme, exagerado, total, como o pranto dos recém-nascidos, misturado a tantos gritos e imprecações e ao barulho de pés batendo no chão que dá para ouvir por todo o edifício do comando. Não vai trair Miscèl, o Girafa, o Motorista e os outros: são seus companheiros de verdade. Pin agora está cheio de admiração por eles porque são inimigos daquelas duas raças bastardas. Miscèl pode estar certo de que Pin não o trairá e, do outro lado, sem dúvida vai ouvir seus gritos e vai dizer: "Um garoto de aço, esse Pin, agüenta e não fala".

Com efeito, Pin faz tamanho escarcéu que dá para ouvir por todo canto, os oficiais das outras salas começam a ficar aborrecidos, no comando alemão sempre tem um vaivém de gente para autorizações e abastecimentos, não é bom que todos ouçam que ali batem até em crianças.

O oficial com cara de menino recebe ordem de parar com o interrogatório; continuará noutro dia e noutro lugar. Mas fazer Pin se calar agora é um problema. Eles querem lhe explicar que tudo acabou, mas Pin encobre a voz deles com seus gritos. Muitos se aproximam para acalmá-lo, mas ele foge e se desvencilha e redobra a choradeira. Mandam sua irmã entrar para consolá-lo e ele por um triz não parte para cima dela para mordê-la. Pouco depois tem um grupinho de soldados e de alemães a seu redor tentando acalmá-lo, alguém lhe faz um carinho, alguém tenta enxugar suas lágrimas.

Por fim, exausto, Pin se acalma, ofegando, já sem voz na garganta. Agora um soldado vai conduzi-lo à prisão e amanhã vai trazê-lo de volta para o interrogatório.

Pin sai da sala com o soldado armado atrás dele; tem a cara pequenina debaixo dos cabelos eriçados, os olhos pequeninos e as sardas lavadas pelo pranto.

Na porta encontram Miscèl, o Francês, que está saindo, livre.

— Tchau, Pin — diz —, vou para casa. Vou começar o serviço amanhã.

Pin espia com os olhinhos vermelhos, de boca aberta.

— É isso mesmo. Alistei-me na brigada negra.* Explicaram-me as vantagens, o salário que se recebe. Depois, sabe como é, nas buscas você pode andar pelas casas e revistar onde quiser. Amanhã vão me vestir e me armar. Cuide-se, Pin.

O soldado que acompanha Pin à prisão tem a boina preta com o símbolo vermelho do fascismo bordado: é um garotão baixinho, com um mosquete mais alto que ele. Não pertence à raça azulada dos fascistas.

Estão andando já faz uns cinco minutos e nenhum dos dois ainda disse nada.

— Se quiser, deixam entrar você também na brigada negra — diz o soldado a Pin.

— Se quiser, eu entro na... daquela vaca da sua bisavó — responde Pin sem nem piscar. O soldado quer bancar o ofendido:

— Vê lá, com quem você acha...? Vê lá, quem lhe ensinou...? — E pára.

(*) *Brigate Nere* (Brigadas Negras): na República Social de Salò, brigadas fascistas que recorriam a ações de guerrilha para combater os *partigiani.* (N. T.)

— Vamos, leve-me para a cadeia, ande logo. — E Pin o puxa.

— E você acha o quê, que na cadeia vai ficar tranqüilo? A toda hora fazem você ir para o interrogatório e enchem você de porrada. Você gosta de levar porrada?

— E você gosta de tomar no... — diz Pin.

— Quem gosta é você — diz o soldado.

— Quem gosta é você, seu pai e seu avô — diz Pin.

O soldado é meio tonto, e a cada vez se melindra.

— Se não quer que batam em você, entre para a brigada negra.

— E depois? — diz Pin.

— E depois vai fazer as buscas.

— Você faz as buscas?

— Não, eu faço plantão no comando.

— Sei. Vai saber quantos rebeldes você já matou e não quer contar.

— Juro. Nunca estive numa busca.

— Nunca, a não ser naquelas vezes em que você esteve.

— A não ser naquela vez que me pegaram.

— Você também foi pego numa busca?

— Fui, e foi uma busca e tanto, bem-feita mesmo. Limpeza total. Até a mim pegaram. Eu estava escondido num galinheiro. É, foi uma busca e tanto.

Pin está chateado com Miscèl não por achar que ele tenha feito uma má ação, que seja um traidor. Só fica irritado por errar toda vez e nunca conseguir prever o que os adultos vão fazer. Ele espera que um sujeito pense de uma forma, e nada, o sujeito pensa de outra, com mudanças que nunca dá para prever.

No fundo, Pin também gostaria de estar na brigada negra, andar por aí todo coberto de caveiras e pentes de metralhadora, meter medo nas pessoas e ficar no meio dos velhos como se fosse um deles, ligado a eles por aquela barreira de ódio que os separa dos outros homens. Talvez, pensando bem, resolva entrar para a brigada negra, ao menos poderá recuperar a pistola e talvez possa ficar com ela e usá-la abertamente sobre a farda; e também poderá se vingar do oficial alemão e do graduado fascista aprontando com eles, para se desforrar com risadas de tanto choro e grito.

Há uma canção das brigadas negras que diz: "E nós, partidários de Mussolini, somos chamados de canalhas..."* e depois tem umas palavras obscenas: as brigadas negras podem cantar canções obscenas pelas ruas porque são canalhas de Mussolini, isso é maravilhoso. Mas o guarda é um palerma que lhe dá nos nervos, por isso ele responde atravessado a tudo o que ele diz.

A prisão é um grande casarão de ingleses, confiscado, porque na velha fortaleza que dá para o porto os alemães instalaram a defesa antiaérea. É um casarão estranho, no meio de um parque de araucárias, que já antes talvez tivesse jeito de prisão, com muitas torres e terraços, e chaminés que giram ao vento, e grades que já estavam ali antes, além das que foram acrescentadas.

Agora os ambientes viraram celas, estranhas celas com piso de madeira e linóleo, com grandes chaminés de mármore muradas, e lavatórios e bidês tampados com trapos. Nas torrinhas ficam as sentinelas armadas, e nos terraços os presos fazem fila para o rancho, e se espalham um pouco.

Quando Pin chega é a hora do rancho e de repente ele se lembra que está com muita fome. Dão uma tigela para ele também e o colocam na fila.

Entre os detentos, muitos estão ali por não terem respondido à convocação, e também muitos por terem cometido delitos relativos ao abastecimento, matadouros clandestinos, traficantes de gasolina e esterlinas. Delinqüentes comuns sobraram poucos, agora que ninguém mais caça ladrões;

(*) *E noi di Mussolini ci chiaman farabutti.*

gente que tinha de descontar velhas condenações, e já não tem idade para pedir o alistamento e conseguir assim o perdão. Os políticos distinguem-se pelas contusões que têm na cara, pelo modo como se mexem, com tantos ossos arrebentados nos interrogatórios.

Pin também é um "político", vê-se logo. Está comendo sua gororoba, quando um garoto se aproxima, um grandão com a cara mais inchada e contundida que a dele e os cabelos raspados debaixo de um boné.

— Fizeram um belo estrago em você, companheiro — diz.

Pin olha para ele, ainda não sabe como deve tratá-lo.

— E em você, não? — diz.

O cabeça-raspada diz:

— Eles me levam todo dia para o interrogatório e me batem com um nervo de boi.

Diz isso com ares de grande importância, como se lhe prestassem uma homenagem especial.

— Se quiser minha sopa pode ficar com ela — diz para Pin. — Eu não posso comer porque estou com a garganta cheia de sangue.

E cospe no chão uma espuminha vermelha. Pin olha para ele com interesse: sempre teve uma admiração estranha por quem consegue cuspir sangue; gostava muito de ver como os tuberculosos fazem.

— Então você é tuberculoso — diz para o cabeça-raspada.

— Talvez eles tenham conseguido — consente o cabeça-raspada com ares de importância. Pin tem um pouco de admiração por ele; talvez se tornem amigos de verdade. E depois lhe deu a sua sopa e isso agrada muito a Pin porque ele está com fome.

— Se continuar assim — diz o cabeça-raspada —, me arruínam por toda a vida.

Pin diz:

— E você, por que não se inscreve na brigada negra?

Então o cabeça-raspada se levanta e crava em sua cara os olhos inchados:

— Mas me diga: você sabe quem eu sou?

— Não, quem é você? — diz Pin.

— Nunca ouviu falar do Lobo Vermelho?

Lobo Vermelho! e quem é que nunca ouviu falar? A cada golpe levado pelos fascistas, a cada bomba que estoura na casa de um comando, a cada espião que desaparece e não se sabe onde vai parar, as pessoas dizem um nome em voz baixa: Lobo Vermelho. Pin também sabe que Lobo Vermelho tem dezesseis anos, e antes trabalhava na Todt* como mecânico: outros jovens que trabalhavam na Todt para ser dispensados do alistamento tinham falado dele, porque usava o boné à russa e sempre falava de Lenin, tanto que o haviam apelidado de Ghepeù.** Também tinha mania de dinamite e bombas-relógios e parece que se metera na Todt para aprender a fazer minas. Até que um dia a ponte da ferrovia foi pelos ares e Ghepeù não apareceu mais na Todt: ficava nas montanhas e descia para a cidade à noite, com uma estrela branca, vermelha e verde no boné russo, e uma grande pistola. Tinha deixado o cabelo crescer e se chamava Lobo Vermelho.

Agora Lobo Vermelho está diante dele, com o boné à russa já sem a estrela, a cabeça grande raspada, os olhos roxos, e cospe sangue.

— Ouvi, sim, é você? — diz Pin.

(*) A organização Todt foi o maior canteiro de obras da Segunda Guerra Mundial, e ao mesmo tempo uma grande máquina para a exploração de recursos materiais e humanos: milhares de pessoas foram coagidas (através do serviço militar ou da mobilização civil) a trabalhar ali; a mão-de-obra era utilizada para a indústria bélica alemã e para trabalho nos programas de construção militar. (N. T.)

(**) Do acrônimo GPU, de Gousurdarstvenoiê Polititcheskoiê Upravlieniê, Administração Política do Estado, uma das designações da polícia política soviética. (N. T.)

— Eu mesmo — diz Lobo Vermelho.

— E quando apanharam você?

— Quinta-feira, na ponte do Burgo: armado e com a estrela no boné.

— E o que vão fazer com você?

— Talvez — diz com seus ares de importância — me fuzilem.

— Quando?

— Talvez amanhã. E você?

Lobo Vermelho cospe sangue no chão.

— Quem é você? — pergunta a Pin. Pin diz seu nome. Pin sempre desejou encontrar Lobo Vermelho, vê-lo aparecer à noite nos becos da Cidade Velha, mas sempre teve também um pouco de medo dele, por causa da sua irmã, que anda com os alemães.

— Por que está aqui? — pergunta Lobo Vermelho. Tem quase o mesmo tom peremptório dos fascistas que interrogam.

Agora é a vez de Pin se exibir um pouco:

— Levei a pistola de um alemão.

Lobo Vermelho faz uma careta favorável, sério.

— Está em bando? — pergunta.

Pin diz:

— Eu não.

— Não está numa organização? Não está num *gap*?

Pin está todo feliz por ouvir novamente aquela palavra.

— É, é — diz —, *gap*!

— Com quem você está?

Pin reflete um pouco, depois diz:

— Com Comitê.

— Quem?

— Comitê, não conhece? — Pin quer ter ares de superioridade, mas não se sai bem. — Um sujeito magro, de impermeável claro.

— Você está contando lorotas, o comitê são muitas pessoas, que ninguém sabe quem são e que preparam a insurreição. Você não sabe nada mesmo.

— Se ninguém sabe quem são, você também não sabe.

Pin não gosta de conversar com os garotos daquela idade porque querem bancar os tais e não dão confiança para ele e o tratam como uma criança.

— Eu sei — diz Lobo Vermelho —, eu sou do *sim*.*

Outra palavra misteriosa: *sim*! *gap*! Sabe-se lá quantas palavras assim há de haver: Pin gostaria de conhecer todas.

— Eu também sei tudo — diz. — Sei que você se chama também Ghepeù.

— Não é verdade — diz Lobo Vermelho —, e não pode me chamar assim.

— Por quê?

— Porque a gente não está fazendo a revolução social, mas a libertação nacional. Quando o povo tiver libertado a Itália, aí chamamos a burguesia às suas responsabilidades.

— Como? — diz Pin.

— Assim. Chamamos a burguesia às suas responsabilidades. O comissário da brigada me explicou.

— Sabe quem é minha irmã? — É uma pergunta que não tem nada a ver, mas Pin não agüenta mais conversar sobre coisas que não entende e prefere voltar aos assuntos costumeiros.

— Não — diz Lobo Vermelho.

— É a Morena do Beco Comprido.

— E quem é?

— Como, quem é? Todos conhecem minha irmã. A Morena do Beco Comprido.

É incrível que um garoto como Lobo Vermelho nunca tenha ouvido falar da sua irmã. Na Cidade Velha até as crian-

(*) Sigla de Servizio Informazioni Militari. (N. T.)

ças de seis anos começam a falar dela e explicam para as meninas como ela faz quando está na cama com os homens.

— Veja só, não sabe quem é minha irmã. Essa é boa...

Pin gostaria de chamar também os outros prisioneiros e começar a bancar o palhaço.

— Eu nem olho para as mulheres — diz Lobo Vermelho. — Depois de feita a insurreição, haverá tempo...

— Mas se vão fuzilar você amanhã... — diz Pin.

— Vamos ver quem vai conseguir fuzilar quem primeiro, se eles a mim ou eu a eles.

— Como assim?

Lobo Vermelho pensa um pouco, depois se inclina para o ouvido de Pin:

— Tenho um plano que se der certo, antes de amanhã terei fugido, e então todos esses bastardos fascistas que me machucaram vão pagar, um por um.

— Vai fugir, e para onde?

— Vou para o destacamento. Ter com o Loiro. E vamos preparar uma ação que eles vão ver.

— Você me leva junto?

— Não.

— Seja legal, Lobo, me leva com você.

— Meu nome é Lobo Vermelho — especifica o outro. — Quando o comissário me disse que Ghepeù não servia, eu lhe perguntei como podia me chamar, e ele disse: pode se chamar Lobo. Então eu disse que queria um nome com alguma coisa de vermelho, porque o lobo é um animal fascista. E ele disse: então que seja Lobo Vermelho.

— Lobo Vermelho — diz Pin —, ouça, Lobo Vermelho: por que não quer me levar com você?

— Porque você é uma criança, está aí o porquê.

De início, por conta da pistola roubada, parecia que dava para virar amigo de verdade de Lobo Vermelho. Mas depois ele continuou a tratá-lo como criança, e isso dá nos nervos. Com os outros garotos daquela idade, Pin ao menos pode fazer valer sua superioridade falando como são as mulheres, mas com Lobo Vermelho esse assunto não pega. Ainda assim seria bom andar em bando com Lobo Vermelho e fazer grandes explosões para fazer as pontes ruírem, e descer para a cidade atacando as patrulhas com rajadas. Talvez fosse ainda melhor do que andar com a brigada negra. Só que a brigada negra tem as cabeças de morto, que causam muito mais impacto do que as estrelas tricolores.

Até parece mentira que está ali, falando com alguém que talvez seja fuzilado amanhã, naquele terraço cheio de homens que comem agachados no chão, entre chaminés que giram ao vento e os guardas carcerários nas torrinhas com as metralhadoras apontadas. Parece um cenário encantado: ao redor o parque com as sombras negras das araucárias. Pin quase esqueceu as pancadas que levou, e não tem certeza de que não seja um sonho.

Mas agora os guardas carcerários os colocam em fila para que voltem às celas.

— Onde é sua cela? — pergunta Lobo Vermelho para Pin.

— Não sei onde eles vão me colocar — diz Pin —, ainda não estive lá.

— Quero saber onde você está — diz Lobo Vermelho.

— Por quê? — diz Pin.

— Depois vai saber.

Pin tem raiva dos que sempre dizem: depois vai saber.

De repente, na fila dos detentos que se põem a caminho parece-lhe ver uma cara conhecida, muito conhecida.

— Diga lá, Lobo Vermelho, você conhece aquele cara ali na frente, o magrelo, que anda daquele jeito?...

— É um preso comum. Deixe-o em paz. Não se pode confiar nos presos comuns.

— Por quê? Eu o conheço!

— Porque é proletariado sem consciência de classe — diz Lobo Vermelho.

4

— Pietromagro!

— Pin!

Um carcereiro acompanhou-o até a cela e assim que a porta se abriu Pin soltou um grito de espanto: tinha visto bem no terraço, aquele preso que andava com dificuldade era mesmo Pietromagro.

— Você o conhece? — pergunta o carcereiro.

— Claro que conheço! É meu patrão! — diz Pin.

— Muito bem: a firma toda está se mudando para cá — diz o carcereiro, e fecha a porta. Pietromagro estava trancafiado havia alguns meses, mas Pin, ao vê-lo, tem a impressão de que se passaram anos. Está pele e osso, uma pele amarela despenca do pescoço em rugas flácidas e espetadas de barba. Está sentado numa camada de palha num canto da cela, com os braços ao longo do corpo, como esturricados. Vê Pin e os ergue: entre Pin e seu patrão nunca houve outra relação que não fosse de ralhos e pancadas: mas agora, ao encontrá-lo ali e naquele estado, Pin sente-se feliz e emocionado ao mesmo tempo.

Pietromagro está diferente até no jeito de falar.

— Pin! Você também está aqui, Pin! — diz com uma voz rouca, queixosa, agora sem imprecações; e dá para ver que ele também está feliz por encontrá-lo. Segura Pin pelos pulsos, mas não como noutros tempos, para torcê-los; olha para ele com as pupilas emolduradas em amarelo: — Estou doente — diz —, estou muito doente, Pin. Esses bastardos não querem me mandar para a enfermaria. Não se entende mais nada: agora só há prisioneiros políticos e mais dia menos dia também acabam me tomando por um político, e me colocam no paredão.

— Em mim eles bateram — diz Pin, e mostra as marcas.

— Então você é um político — diz Pietromagro.

— Sou, sou — diz Pin —, político.

Pietromagro está meditando.

— Claro, claro, político. Ao ver você aqui, já estava pensando que você tinha começado a ciscar nas prisões. Porque quando um sujeito vai para a prisão uma vez, nunca mais se livra, seja lá quantas vezes o puserem para fora, outras tantas ele vai voltar. Claro, se você é político, a conversa é outra. Veja, se eu soubesse disso, quando moço também teria me metido com os políticos. Porque cometer crimes comuns não resolve nada e quem rouba pouco vai para a cadeia e quem rouba muito tem mansões e prédios. Se seu crime for político, você vai parar na cadeia como por um crime comum, qualquer um que fizer seja lá o que for vai parar na cadeia, mas pelo menos dá para ter a esperança de que um dia o mundo será melhor, sem prisões. Quem me garantiu isso foi um político que estava na cadeia comigo muitos anos atrás, um sujeito de barba preta, que acabou morrendo ali. Porque eu conheci criminosos comuns, conheci traficantes, conheci sonegadores, conheci toda espécie de homem: mas corajosos como os políticos não conheci.

Pin não entende direito o sentido dessa conversa, mas tem pena de Pietromagro e fica quietinho olhando para a carótida que sobe e desce pelo pescoço.

— Veja só, agora eu tenho uma doença que não me deixa mijar. Precisaria de cuidados médicos e estou aqui no chão.

Nas veias não corre mais sangue, e sim mijo amarelo. E não posso tomar vinho e tenho tanta vontade de ficar de pileque por uma semana inteirinha. Pin, o código penal está errado. Ali está escrito tudo o que a gente não pode fazer na vida: roubo, homicídio, receptação, apropriação indébita, mas não está escrito o que a gente pode fazer, em lugar de fazer todas essas coisas, quando se encontra em certas condições. Pin, está me ouvindo?

Pin olha para sua cara amarela, peluda como a de um cachorro, sente sua respiração ofegante no rosto.

— Pin, vou morrer. Você tem de me jurar uma coisa. Tem de dizer juro para o que vou dizer. Juro que por toda a minha vida lutarei para que não existam mais prisões e para que o código penal seja refeito. Diga: juro.

— Juro — diz Pin.

— Vai se lembrar disso, Pin?

— Vou, Pietromagro — diz Pin.

— Agora ajude-me a catar piolhos — diz Pietromagro —, que estou cheio deles. Você sabe esmagá-los?

— Sei — diz Pin. Pietromagro olha por dentro da camisa, depois passa uma ponta para Pin.

— Olhe direito nas costuras — diz. Catar piolhos de Pietromagro não é uma coisa divertida, mas Pietromagro dá pena, assim, com as veias cheias de mijo amarelo e talvez tenha pouco tempo de vida, agora.

— A oficina, como vai a oficina? — pergunta Pietromagro. Nem o patrão, nem o aprendiz jamais gostaram muito do trabalho, mas agora começam a discorrer sobre o trabalho que ficou atrasado, sobre o preço do couro e do barbante, sobre quem consertará os sapatos da vizinhança, agora que os dois estão presos. Sentados na palha, num canto da cela, esmagam piolhos e falam de trocas de solas de sapatos, de costuras, de tachas, coisa que nunca lhes aconteceu na vida.

— Diga, Pietromagro — diz Pin —, por que não montamos um ateliê de sapateiro na prisão, para fazer sapatos para os detentos?

Pietromagro nunca pensara nisso, noutros tempos ele ia de bom grado para a prisão, porque podia comer sem ter de fazer nada. Mas agora gostaria da coisa, talvez se pudesse trabalhar nem se sentiria tão doente.

— Podemos tentar fazer o pedido. Você toparia?

Sim, Pin toparia, trabalhar daquele modo seria algo novo, algo descoberto por eles, divertido como uma brincadeira. E também ficar na prisão não seria desagradável, junto com Pietromagro, que não bateria mais nele, e cantar canções para os prisioneiros e para os carcereiros.

Naquele instante um carcereiro abre a porta e lá fora está Lobo Vermelho, que aponta para ele, Pin, e diz:

— É, é esse o sujeito de quem estou falando.

Então o carcereiro o chama para fora e tranca a cela, deixando lá Pietromagro, sozinho. Pin não entende o que podem estar querendo.

— Venha — diz Lobo Vermelho —, você tem de me dar uma mão para levar para baixo um barril de lixo.

De fato, pouco distante dali, no corredor, há um barril de ferro, cheio de lixo. Pin pensa que é crueldade pôr Lobo Vermelho assim tão arrebentado de pancadas para fazer trabalhos pesados, e também mandar a ele, Pin, que é uma criança, ajudar. O barril é tão alto que alcança o peito de Lobo Vermelho e tão pesado que a gente custa a deslocá-lo. Enquanto estão ali avaliando o peso, Lobo Vermelho roça seu ouvido com os lábios, num sussurro:

— Fique alerta que vai ser agora. — Depois, em voz alta: — Pedi para procurá-lo por todas as celas, preciso da sua ajuda.

Isso é magnífico, uma coisa que Pin não ousava esperar. Mas Pin se apega logo aos ambientes e até a prisão é um lugar que tem lá seus atrativos; talvez ele gostasse de ficar ali um certo tempo, e talvez depois fugir com Lobo Vermelho, mas não assim, quando mal chegou.

— Dou conta disso sozinho — diz Lobo Vermelho aos carcereiros que o ajudam a carregar o barril nas costas. — É só o garoto segurar por trás para que não entorne.

Começam a andar assim: Lobo Vermelho dobrado sob a carga e Pin com os braços erguidos, segurando firme o barril pelo fundo.

— Sabe o caminho para descer? — gritam atrás deles os carcereiros. — Cuidado para não cair nas escadas.

Assim que dobrou o primeiro patamar, Lobo Vermelho diz a Pin que o ajude a apoiar o barril no parapeito de uma janela: já está cansado? Não: Lobo Vermelho tem de falar com ele:

— Preste atenção: agora, no terraço lá embaixo você vai na frente e começa a falar com a sentinela. Você tem de chamar a atenção de forma que ele não tire os olhos de você; você é pequeno e para falar com você ele tem de baixar a cabeça, mas não fique perto demais, está bem?

— E você, vai fazer o quê?

— Eu vou colocar o capacete nele. Você vai ver. O capacete de Mussolini, é o que vou colocar nele. Entendeu o que tem de fazer?

— Entendi — diz Pin, que ainda não compreendeu nada —, e depois?

— Depois eu digo. Um momento: abra as mãos.

Lobo Vermelho puxa um pedaço de sabão úmido e o espalha nas palmas das mãos de Pin; depois nas pernas, por dentro, especialmente nos joelhos.

— Para quê? — pergunta Pin.

— Você vai ver — diz Lobo Vermelho —, estudei o plano nos mínimos detalhes.

Lobo Vermelho pertence àquela geração que se formou olhando os álbuns coloridos de aventuras: só que ele levou tudo a sério, e a vida até agora não o desmentiu. Pin ajuda-o a carregar novamente o barril nas costas, e quando estão na porta do terraço, vai na frente para falar com a sentinela.

A sentinela está na balaustrada, olhando para as árvores com ar triste. Pin vai adiante com as mãos nos bolsos, e percebe que está na dele: seu velho espírito do beco estava de volta.

— Olá — diz.

— Olá — diz a sentinela.

É uma cara desconhecida: um sulista triste com as faces cortadas pela navalha.

— Puta vida, olha só quem está aí! — exclama Pin. — Poxa, bem que andava me perguntando nos últimos tempos: por onde andará aquele velho sem-vergonha, e veja só, puta vida, onde encontro você.

O sulista triste olha para ele procurando desgrudar as pálpebras semicerradas:

— Quem é você? Quem?

— Porra, vai me dizer agora que não conhece minha irmã?

A sentinela começa a farejar alguma coisa:

— Eu não conheço ninguém. Você é um prisioneiro? Não posso falar com os prisioneiros.

E Lobo Vermelho que não chega!

— Está querendo me enrolar — diz Pin. — Vai dizer que desde que está de serviço aqui nunca esteve com uma morena de cabelos encaracolados...

A sentinela fica perplexa:

— Estive, sim, e daí?

— Uma que fica num beco que tem de passar por uma curva larga e que se vira à direita numa praça atrás de uma igreja, e que para chegar lá tem de subir uma escada?

A sentinela pisca os olhos:

— Como é?

Pin pensa: "Vai ver que esteve justamente com ela!". A essa altura Lobo Vermelho tinha de chegar: será que não consegue agüentar o peso do barril sozinho?

— Vou lhe explicar — diz Pin. — Sabe onde fica a praça do Mercado?

— Hum... — diz a sentinela, e olha noutra direção; não está dando certo, é preciso encontrar algo mais atraente, mas se Lobo Vermelho não chegar vai ser um trabalhão à toa.

— Espere — diz Pin. A sentinela desvia um pouquinho o olhar para ele.

— Tenho uma foto no bolso. Agora lhe mostro. Só vou mostrar um pedacinho. A cabeça. É, porque se eu mostrar tudo, você não vai conseguir dormir à noite.

A sentinela está inclinada sobre ele, e conseguiu abrir totalmente os olhos, dois olhos de animal das cavernas. Então Lobo Vermelho aparece no vão da porta; está curvado sob o barril de lixo, ainda assim anda na ponta dos pés. Pin puxa dos bolsos as duas mãos, juntinhas, e as gira um pouco no ar, como se escondesse alguma coisa:

— Ah-ah! Bem que você gostaria de ver, não é?

Lobo Vermelho se aproxima, com passos largos e silenciosos. Pin começa a fazer a mão escorrer sobre a outra, devagarinho. Lobo Vermelho já está atrás da sentinela. A sentinela olha para as mãos de Pin: estão ensaboadas, e por quê? E essa fotografia, vai aparecer ou não? De repente há um desmoronamento de lixo sobre a sua cabeça; não é só um desmoronamento, é alguma coisa que o esmaga no alto e em toda a volta em meio ao lixo; está sufocando, mas não consegue se libertar; ficou preso, ele e seu fuzil. Cai e sente que virou um cilindro e que está rolando pelo terraço.

Enquanto isso Lobo Vermelho e Pin já pularam a balaustrada.

— Lá — diz Lobo Vermelho a Pin. — Pendure-se lá e não solte. — E lhe aponta um cano de descarga da calha. Pin está com medo, mas Lobo Vermelho quase o joga no vazio e ele é obrigado a se pendurar no cano. Mas as mãos e os joelhos ensaboados escorregam, é meio como descer pelo corrimão de uma escada, só que dá muito mais medo e não se pode olhar para baixo nem largar o cano.

Lobo Vermelho, ao contrário, dá um salto no vazio, está

querendo se matar? Não, quer alcançar os galhos de uma araucária ali pertinho e se pendurar neles. Mas os galhos se quebram na sua mão e ele despenca em meio a um desabamento de madeira e uma chuva de folhinhas acerosas; Pin sente que o chão está se aproximando debaixo dele, e não sabe se tem mais medo por si mesmo ou por Lobo Vermelho, que talvez tenha se matado. Toca o chão, correndo o risco de partir as pernas e logo, aos pés da araucária, vê Lobo Vermelho estendido na terra sobre um extermínio de pequenos galhos.

— Lobo, você se machucou? — diz.

Lobo Vermelho levanta a cara, e não dá mais para entender quais são as esfoladuras do interrogatório e quais as da queda. Dá uma olhada em volta. Ouvem-se tiros.

— Corre! — diz Lobo Vermelho.

Levanta-se meio mancando, ainda assim corre.

— Corre! — continua repetindo. — Por aqui!

Lobo Vermelho conhece todos os lugares e agora guia Pin pelo parque abandonado, tomado por trepadeiras silvestres e por ervas espinhosas. Da torrinha disparam tiros de fuzil contra eles, mas o parque é todo sebes e coníferas e podem prosseguir acobertados, embora Pin nunca tenha certeza de que não foi atingido, sabe que não dá para sentir logo a ferida, até que de repente se despenca no chão. Lobo Vermelho guiou-o por uma portinha, por uma velha estufa, mandou que ele pulasse um muro.

De repente as penumbras do parque rareiam e eis que diante de seus olhos se abre um cenário luminoso, de cores vivíssimas, como quando se descobre um decalque. Têm um movimento de medo, e de pronto se jogam no chão: diante deles abre-se o chão nu da colina, e em toda a volta, grandíssimo e calmo, o mar.

Entraram num campo de cravos, rastejando para não serem vistos pelas mulheres de chapelão de palha que estão no meio da extensão geométrica dos caules cinzentos, regando. Atrás de um grande reservatório de água, de cimento, tem uma cavidade, com umas esteiras dobradas por perto, das que no inverno servem para proteger os cravos da geada.

— Aqui — diz Lobo Vermelho. Escondem-se atrás do reservatório e puxam as esteiras por cima, para não serem vistos.

— Vai ser preciso esperar pela noite — diz Lobo Vermelho.

Pin de repente pensa em si próprio, pendurado na calha, e nos disparos das sentinelas, e sua frio. São coisas quase mais assustadoras de lembrar que de viver; mas perto de Lobo Vermelho não se pode ter medo. É uma coisa maravilhosa ficar sentado junto com Lobo Vermelho atrás do reservatório: parece brincadeira de esconde-esconde. Só que não há diferença entre o jogo e a vida, e somos obrigados a jogar de verdade, como Pin gosta.

— Você se machucou, Lobo Vermelho?

— Não muito — diz Lobo Vermelho, passando o dedo com saliva nas raladas —, os galhos, quebrando, amorteceram a queda. Estava tudo calculado. E você, como foi com o sabão?

— Puta vida, Lobo Vermelho, sabe que você é um portento? Como consegue saber todas essas coisas?

— Um comunista tem de saber de tudo — responde o outro. — Um comunista tem de saber se virar em todas as dificuldades.

"É um portento", pensa Pin. "Pena que não pode deixar de se exibir."

— Só sinto por uma coisa — diz Lobo Vermelho —, estou desarmado. Nem sei quanto eu daria por uma *sten*.*

Sten: está aí mais uma palavra misteriosa. *Sten*, *gap*, *sim*, e dá para lembrar de todas elas? Mas a observação encheu Pin de felicidade; agora ele também vai poder se exibir.

— Pois eu não penso nisso — diz. — Eu tenho minha própria pistola e ninguém mexe nela.

(*) Pistola metralhadora de fabricação inglesa, de cano muito curto. (N. T.)

Lobo Vermelho olha para ele de soslaio, procurando não mostrar excessivo interesse:

— Você tem uma pistola?

— Hã-hã — diz Pin.

— De que calibre? De que marca?

— Uma pistola de verdade. De marinheiro alemão. Eu roubei dele. Por isso estava preso.

— Diga-me como é.

Pin tenta explicar, e Lobo Vermelho descreve todos os tipos de pistola que existem e decide que a de Pin é uma P.38. Pin fica entusiasmado: pê-trinta-e-oito, que belo nome, pê-trinta-e-oito!

— Onde você guarda? — diz Lobo Vermelho.

— Num lugar — diz Pin.

Agora Pin tem de resolver se conta ou não para Lobo Vermelho sobre os ninhos de aranha. Claro, Lobo Vermelho é um garoto incrível, que pode fazer todas as coisas imagináveis; mas o lugar dos ninhos de aranha é um grande segredo e é preciso ser amigo de verdade, para o que der e vier. Talvez, apesar de tudo, Pin não tenha simpatia por Lobo Vermelho: é muito diferente de todos os outros, adultos e garotos: sempre diz coisas sérias e não se interessa por sua irmã. Se se interessasse pelos ninhos de aranha, seria muito simpático, ainda que não se interesse por sua irmã: no fundo Pin não compreende por que todos os homens se interessam tanto por sua irmã, ela tem dentes de cavalo e axilas pretas de pêlos, mas os adultos, ao falar com ele, sempre acabam puxando conversa sobre sua irmã, e Pin convenceu-se de que é a coisa mais importante do mundo e que ele é uma pessoa importante porque é irmão da Morena do Beco Comprido. Porém, tem certeza de que os ninhos de aranha são mais interessantes que sua irmã e todas as questões de homens e mulheres, só não encontra alguém que compreenda essas coisas; se o encontrasse, saberia até perdoar aquele desinteresse pela Morena.

Diz para Lobo Vermelho:

— Eu sei de um lugar onde as aranhas fazem ninho.

Lobo Vermelho responde:

— Eu quero saber onde você guarda a P.38.

Pin diz:

— Bem, é lá.

— Explique para mim.

— Quer saber como são os ninhos de aranha?

— Quero que você me dê aquela pistola.

— Por quê? É minha.

— Você é uma criança que se interessa por ninhos de aranha, vai fazer o que com uma pistola?

— É minha, puta vida, e se eu quiser jogo no fosso.

— Você é um capitalista — diz Lobo Vermelho. — Os capitalistas é que raciocinam assim.

— Quero mais é que você morra — diz Pin. — Hum... que morra afogado.

— Está maluco de falar tão alto? Se ouvirem a gente, estamos fritos.

Pin se afasta de Lobo Vermelho e ficam quietos por um bom tempo. Não vai ser mais amigo dele, Lobo Vermelho o salvou da prisão, mas não adianta, não vão conseguir ser amigos. Pin, porém, tem medo de ser largado sozinho, e aquela história da pistola o ata bem firme a Lobo Vermelho, por isso é bom não cortar relações.

Nota que Lobo Vermelho achou um pedaço de carvão e começou a escrever alguma coisa no cimento do reservatório. Também pega um pedaço de carvão e começa a fazer desenhos sujos: um dia encheu todos os muros do beco com desenhos tão sujos que o pároco de San Giuseppe reclamou na prefeitura e fez com que tornassem a pintar tudo. Mas Lobo Vermelho está concentrado em sua escrita e não liga para ele.

— O que está escrevendo? — pergunta Pin.

— Morte aos nazifascistas — diz Lobo Vermelho. — Não podemos perder nosso tempo assim. Aqui podemos fazer um pouco de propaganda. Pegue um carvão e escreva você também.

— Eu escrevi — diz Pin, e aponta os sinais obscenos.

Lobo Vermelho fica furioso e começa a apagá-los.

— Ficou doido? Bela propaganda vamos fazer desse jeito!

— Mas que propaganda você quer fazer, quem você acha que vai vir ler aqui neste ninho de lagartos?

— Cale a boca: pensei em fazer uma série de setas no reservatório, e depois no muro, até a estrada. Seguem as setas, vêm até aqui e lêem.

Aí está mais uma das brincadeiras que só Lobo Vermelho sabe fazer: brincadeiras complicadíssimas, que encantam mas não fazem rir.

— E o que é para escrever: Viva Lenin?

Anos atrás havia uma escrita que sempre aparecia no beco: Viva Lenin. Os fascistas vinham apagar e no dia seguinte ela reaparecia. Um dia afinal prenderam Fransè, o marceneiro, e a escrita não apareceu mais. Dizem que Fransè morreu numa ilha.

— Escreva: Viva a Itália. Viva as Nações Unidas — diz Lobo Vermelho.

Pin não gosta de escrever. Na escola batiam nos seus dedos, e a professora vista por debaixo da carteira tinha pernas tortas. Depois o W, em lugar de "Viva", é uma letra que a gente sempre erra. Melhor procurar alguma palavra mais fácil. Pin pensa um pouco e depois começa: um cê, um u...

Os dias começam a ficar mais longos, e o anoitecer nunca chega. De vez em quando Lobo Vermelho olha para uma das mãos, aquela mão é seu relógio: cada vez que olha para ela, a vê mais escura, quando só vir uma sombra preta, é sinal de que já escureceu e ele pode sair. Fez as pazes com Pin, e Pin vai levá-lo à trilha dos ninhos de aranha, para desenterrarem a pistola. Lobo Vermelho se levanta: já está escuro o suficiente.

— Vamos? — diz para Pin.— Espere — continua Lobo

Vermelho. — Vou explorar o território e depois volto para buscar você. Sozinho é menos perigoso do que em dois.

Pin não gosta de ficar sozinho, mas por outro lado também teria medo de sair assim, sem saber o que há lá fora.

— Diga, Lobo Vermelho — diz Pin —, não vai me largar aqui sozinho, vai?

— Fique sossegado — diz Lobo Vermelho —, tem minha palavra de que volto. Depois vamos ver a P.38.

Pin agora está sozinho esperando. Agora que Lobo Vermelho não está mais lá, todas as sombras tomam formas estranhas, todos os ruídos parecem de passos se aproximando. É o marinheiro que berra em alemão no alto do beco e agora vai procurar por ele ali, está nu, só de camiseta, e diz que Pin lhe roubou também as calças. Depois vem o oficial com carinha de criança, com um cão pastor pela coleira, que o chicoteia com o cinturão da pistola. E o pastor tem a cara do intérprete com bigodes de rato. Chegam num galinheiro e Pin tem medo de que seja ele mesmo quem se esconde naquele galinheiro. Mas nada, entram e descobrem o soldado que acompanhou Pin até a prisão, agachado como uma galinha, sabe-se lá por quê.

Pronto, no esconderijo de Pin aparece uma cara conhecida, que lhe sorri: é Miscèl, o Francês! Mas Miscèl põe o chapéu e seu sorriso se transforma em riso sarcástico: é o boné da brigada negra, com a cabeça de morto em cima! Eis que Lobo Vermelho chega, finalmente! Mas um homem o alcança, um homem de impermeável claro, pega-o pelo cotovelo e faz sinal que não, apontando Pin, com sua expressão de descontentamento: é Comitê. Por que não quer que Lobo Vermelho venha até ele? Aponta os desenhos no reservatório, desenhos enormes que representam a irmã de Pin na cama com um alemão! Atrás do reservatório está cheio de lixo: Pin não tinha percebido antes. Agora quer cavar um esconderijo no meio do lixo, mas toca um rosto humano: um homem vivo está enterrado no lixo, a sentinela com sua cara triste cortada pela navalha!

Pin se sacode num sobressalto: quanto tempo terá dormido? A seu redor é tarde da noite. E Lobo Vermelho, por que ainda não voltou? Será que encontrou uma patrulha e foi preso? Ou então já voltou e o chamou enquanto ele dormia e há de ter ido embora pensando que ele não estava mais lá. Ou talvez estejam inspecionando o campo todo ao redor, à procura dos dois, e não se possa dar um só passo.

Pin sai de trás do reservatório: o coaxar dos sapos surge de toda a ampla garganta do céu, o mar é uma grande espada reluzente no fundo da noite. Estar ao ar livre lhe dá uma estranha sensação de pequenez, que não é medo. Agora Pin está sozinho, sozinho no mundo inteiro. E caminha pelos campos de cravos e malmequeres. Procura ficar no alto do declive das colinas, para passar por cima da zona dos comandos. Depois vai descer até o fosso: lá estão seus cantos.

Sente fome: nessa época as cerejas estão maduras. Lá está uma árvore, longe de qualquer casa: surgiu ali por encanto? Pin trepa por entre os galhos e começa a desfolhá-los com capricho. Uma grande ave levanta vôo quase entre suas mãos: estava ali dormindo. Pin sente-se amigo de todos, nesse momento, e gostaria de não tê-la perturbado.

Quando sente que a fome se acalmou um pouco, enche os bolsos de cerejas e desce, retoma o caminho cuspindo caroços. Depois pensa que os fascistas podem seguir o rastro dos caroços e alcançá-lo. Mas ninguém pode ser tão esperto a ponto de pensar nisso, ninguém exceto uma pessoa no mundo todo: Lobo Vermelho! É isso: se Pin deixar um rastro de caroços de cereja Lobo Vermelho conseguirá encontrá-lo, onde quer que ele esteja! Basta deixar cair um caroço a cada vinte passos. Pronto: ao virar depois da mureta, Pin vai comer uma cereja, depois outra na altura do velho lagar, outra depois de passar a nespereira: assim por diante, até chegar à trilha das tocas de aranha. Mas ainda nem alcançou o fosso e as cerejas já acabaram: Pin então compreende que Lobo Vermelho não vai encontrá-lo nunca mais.

Pin anda no leito do fosso quase seco, entre grandes pedras brancas e o cicio cartáceo dos juncos. No fundo das poças dormem as enguias, tão compridas quanto um braço humano, se tirássemos a água daria para pegá-las com as mãos. Na foz da torrente, na Cidade Velha fechada como uma pinha, dormem os homens bêbados e as mulheres saciadas de amor. A irmã de Pin está dormindo sozinha ou acompanhada e já se esqueceu dele, nem pensa se está vivo ou morto. Na palha da sua cela, só, seu patrão Pietromagro está acordado, prestes a morrer, com o sangue ficando amarelo de mijo nas veias.

Pin chegou a seus cantos: ali está o *beudo*, ali está o atalho com os ninhos. Reconhece as pedras, olha se a terra foi remexida: não, nada foi tocado. Cava com as unhas, com uma ansiedade meio forçada: ao tocar o coldre tem uma sensação de doce emoção, como quando pequeno com um brinquedo debaixo do travesseiro. Puxa a pistola e passa o dedo nas ranhuras para tirar a terra. Do cano, rapidinho, sai uma aranhazinha: tinha ido fazer seu ninho lá dentro!

É bonita a sua pistola: é a única coisa que resta a Pin no mundo. Pin empunha a pistola e imagina ser Lobo Vermelho, procura pensar o que faria Lobo Vermelho se tivesse aquela pistola na mão. Mas isso lhe lembra que está sozinho, que não pode procurar ajuda com ninguém, nem com o pessoal da taberna, tão ambíguo e incompreensível, nem com sua irmã traidora, nem com Pietromagro prisioneiro. Não sabe o que fazer nem sequer com aquela pistola: não sabe como carregá-la, e se o encontrarem de pistola na mão por certo será morto. Torna a colocá-la no coldre e a cobri-la com pedras e terra e grama. Agora só lhe resta começar a andar ao acaso pelos campos, e não sabe absolutamente o que fazer.

Começou a acompanhar o *beudo*: na escuridão, caminhando pelo *beudo*, é fácil perder o equilíbrio e meter um pé de molho na valeta ou cair na faixa de baixo. Pin concentra todos os seus pensamentos no esforço de se equilibrar: assim acredita rechaçar as lágrimas que já lhe pesam no arco das órbitas. Mas o pranto já o alcança, e anuvia as pupilas e encharca os toldos das pálpebras; antes chuvisca silencioso, depois cai numa enxurrada com um martelar de soluços que sobem pela garganta. Enquanto o garoto caminha assim, chorando, uma grande sombra de homem surge ao seu encontro no *beudo*. Pin pára; o homem também pára.

— Quem vem lá? — diz o homem.

Pin não sabe o que responder, tem lágrimas prementes, e torna a cair num pranto total, desesperado.

O homem se aproxima: é grandalhão, vestido à paisana e armado de metralhadora, com uma capa enrolada a tiracolo.

— Diga lá, por que está chorando? — diz.

Pin olha para ele: é um homenzarrão com a cara achatada feito um mascarão de chafariz: tem uns bigodes caídos e poucos dentes na boca.

— O que está fazendo aqui, a uma hora desta? — diz o homem. — Você se perdeu?

A coisa mais estranha naquele homem é o gorro, um gorrinho de lã com a barra bordada e o pompom em cima, não se entende de que cor.

— Você se perdeu: e eu não posso levar você de volta para casa, eu não tenho nada a ver com as casas, eu não posso ficar por aí levando crianças perdidas para casa!

Diz tudo isso quase para se justificar, mais para si próprio do que para Pin.

— Não estou perdido — diz Pin.

— E então? O que está fazendo, andando por estas bandas? — diz o homenzarrão com o gorrinho de lã.

— Diga primeiro você o que está fazendo por aqui.

— Muito bem — diz o homem. — Rapaz esperto. Vê-se que é esperto, está chorando por quê? Eu ando por aí para matar pessoas, à noite. Você tem medo?

— Eu não. Você é um assassino?

— Pronto: nem mais as crianças têm medo de quem mata as pessoas. Não sou um assassino, mas mato mesmo assim.

— Você está indo matar um homem, agora?

— Não, estou voltando.

Pin não tem medo porque sabe que existe quem mata as pessoas e mesmo assim é boa gente: Lobo Vermelho sempre fala em matar e, no entanto, é boa gente, o pintor que morava na frente da sua casa matou a mulher, mas era boa gente, Miscèl Francês agora também mataria gente e sempre seria Miscèl Francês. Depois o homenzarrão do gorrinho de lã fala com tristeza em matar, como se o fizesse por penitência.

— Conhece Lobo Vermelho? — pergunta Pin.

— Cacete, se conheço; Lobo Vermelho é do bando do Loiro. Eu sou um do Esperto. E você, como o conhece?

— Estava com ele, com Lobo Vermelho, e nos perdemos. Fugimos da prisão. Colocamos um capacete na sentinela. Antes disso me chicotearam com a correia da pistola. Porque a roubei do marinheiro da minha irmã. Minha irmã é a Morena do Beco Comprido.

O homenzarrão de gorrinho de lã passa um dedo pelos bigodes.

— Sei sei sei sei... — diz, no esforço de entender a história toda de uma só vez. — E agora, para onde quer ir?

— Não sei — diz Pin. — Você vai para onde?

— Eu vou para o acampamento.

— Me leva para lá? — diz Pin.

— Vamos. Você comeu?

— Cerejas — diz Pin.

— Bom. Aqui tem pão. — E puxa o pão do bolso e o dá a Pin.

Agora estão andando por um campo de oliveiras. Pin morde o pão: uma ou outra lágrima ainda lhe escorre pelas faces e ele a engole junto com o pão mastigado. O homem pegou-o pela mão: é uma mão grandíssima, quente e macia, parece feita de pão.

— Então, vamos ver como é que foi... No início de tudo, você me disse, tem uma mulher...

— Minha irmã. A Morena do Beco Comprido — diz Pin.

— Naturalmente. No início de todas as histórias que terminam mal sempre tem uma mulher, não tem como errar. Você é jovem, aprenda o que vou lhe dizer: a guerra é tudo por culpa das mulheres...

5

Quando Pin acorda vê os recortes de céu por entre os ramos do bosque, tão claros que quase dói olhar para eles. É dia, um dia sereno e livre, com cantos de pássaros.

O homenzarrão já está em pé a seu lado, e enrola a capa que acaba de tirar de cima de Pin.

— Vamos, depressa que já é dia — diz. Andaram quase a noite toda. Subiram por olivais, depois por pragais, depois por bosques escuros de pinheiros. Viram mochos, também: mas Pin não teve medo, porque o homenzarrão de gorrinho de lã ficou o tempo todo segurando sua mão.

— Você está caindo de sono, garoto — dizia o homenzarrão, arrastando-o atrás de si —, não vai querer que eu o carregue no colo, vai?

Com efeito, Pin custava a ficar de olhos abertos, e bem que teria gostado de se abandonar ao mar de samambaias do terreno, até estar submerso. Era quase de manhã quando os dois chegaram na clareira de uma carvoeira e o homenzarrão disse:

— Aqui podemos dar uma parada.

Pin deitou-se no terreno fuliginoso e como num sonho viu o homenzarrão cobri-lo com sua capa, depois ir e vir com umas madeiras, rachá-las, e acender a fogueira.

Agora já é dia, e o homenzarrão está mijando nas cinzas; Pin também se levanta e começa a mijar perto dele. Entrementes olha o homem na cara: ainda não o viu direito, na luz. À medida que as sombras vão rareando no bosque e nos olhos ainda grudados de sono, Pin vai continuar descobrindo nele algum novo detalhe: é mais jovem do que parecia, e também de proporções mais normais; tem bigodes avermelhados e olhos azuis, e um ar de mascarão de chafariz por causa daquela sua grande boca desdentada e aquele nariz esmagado na cara.

— Daqui a pouco estaremos lá — diz para Pin de vez em quando, enquanto andam no meio do bosque. Não sabe ter longas conversas, e Pin até que gosta de andar junto com ele em silêncio: no fundo está um tanto acanhado diante daquele homem que anda por aí sozinho à noite para matar pessoas, e é tão bom com ele, e o protege. As pessoas boas sempre deixaram Pin meio constrangido: nunca se sabe como tratá-las e dá vontade de aprontar alguma com elas para ver como reagem. Mas com o homenzarrão de gorrinho de lã é diferente: porque é alguém que sabe-se lá quantos já matou e pode se dar ao luxo de ser bom sem remorso.

Só sabe falar da guerra que nunca termina e dele, que depois de sete anos nas tropas alpinas ainda é obrigado a andar por aí armado, e acaba dizendo que as únicas pessoas que estão bem nestes tempos são as mulheres, e que ele andou por todas as aldeias e compreendeu que elas são a pior raça que existe. Esse tipo de conversa não interessa a Pin, as mesmas coisas de sempre, que todos dizem nestes tempos; porém, Pin nunca ouviu falar assim das mulheres: ele não é alguém como Lobo Vermelho, que não se interessa por mulheres: parece conhecê-las bem mas ter com elas alguma desavença pessoal.

Deixaram os pinheiros e agora andam sob os castanheiros.

— Dentro em pouco — diz o homem — teremos chegado, mesmo.

De fato, dali a pouco encontraram um mulo, arreado mas sem sela, andando por aí por conta própria, roendo folhas.

— Eu me pergunto se não é para foder de vez com o

mulo, deixá-lo solto desse jeito — diz o homem. — Vem cá, Corsário, vem, bonitão.

Pega-o pelo cabresto e o puxa atrás de si. Corsário é um velho mulo esfolado, dócil e submisso. Enquanto isso chegaram numa clareira do bosque, onde há uma casinhola daquelas em que se defumam castanhas. Não se vê vivalma, e o homem pára e Pin também pára.

— O que se passa? — diz o homem. — Foram todos embora?

Pin compreende que talvez haja motivo para ter medo, mas não sabe direito o que está acontecendo e não consegue ficar assustado.

— Ei! Quem vem lá? — diz o homem, mas não tão alto, e tirando a metralhadora do ombro.

Então da casinhola sai um homenzinho com um saco. Vê os dois chegando, joga o saco no chão e começa a bater palmas:

— Olá, olá, Primo! Hoje é dia de música!

— Canhoto! — diz o companheiro de Pin. — Onde diabos estão todos os outros?

O homenzinho vai ao encontro deles esfregando as mãos.

— Três caminhões, três caminhões cheios que estão subindo pela estrada. Foram avistados hoje pela manhã e o batalhão todo foi ao seu encontro. Daqui a pouco vai começar a música.

É um homenzinho com uma jaqueta de marinheiro e um capuz de pêlo de coelho sobre o crânio careca; Pin acha que é um gnomo que mora nessa casinha no meio do bosque.

O homem grandão passa o dedo pelos bigodes.

— Bem — diz —, talvez fosse bom eu passar por lá para dar uma força.

— Se estiver em tempo — diz o homenzinho. — Eu fiquei para preparar a comida. Tenho certeza que ao meio-dia já os puseram fora de combate e estão de volta.

— Você podia aproveitar e cuidar do mulo também — diz

o outro. — Se eu não o tivesse encontrado, ia chegar na marina.

O homenzinho amarra o mulo, depois olha para Pin.

— E esse, quem é? Você fez um filho, Primo?

— Prefiro cortar até minha alma a fazer um filho — diz o homenzarrão. — Este é um garoto que dá golpes com Lobo Vermelho e tinha se desgarrado.

Não é bem assim, mas Pin está feliz por ser apresentado daquele jeito, e talvez o homenzarrão tenha dito aquilo de propósito, para ele causar melhor impressão.

— Olhe, Pin — diz o homenzarrão —, este é o Canhoto, o cozinheiro do destacamento. Respeite-o, porque é mais velho, e porque senão ele não deixa você repetir a sopa.

— Escute aqui, recruta da revolução — diz Canhoto —, você sabe descascar batatas?

Pin gostaria de lhe responder com algum palavrão, só para fazer amizade, mas ali na hora não lhe ocorre nenhum e responde:

— Claro que sei.

— Ótimo, bem que estava precisando de um auxiliar de cozinha — diz o Canhoto —, espere que vou buscar as facas. — E desaparece na casinhola.

— Diga lá, aquele homem é seu primo? — pergunta Pin ao homem grandão.

— Não, o Primo sou eu, todos me chamam assim.

— Eu também?

— Você também o quê?

— Se eu também posso chamá-lo de Primo.

— Claro que pode: é um nome como outro qualquer.

Pin gosta disso. E experimenta na hora.

— Primo! — diz.

— O que quer?

— Primo, o que os caminhões vêm fazer aqui?

— Arrebentar com a gente, é isso que eles vêm fazer. Mas

nós vamos ao encontro deles e arrebentamos com eles. Assim é a vida.

— Você também vai, Primo?

— Claro, é preciso que eu vá.

— E não está cansado de andar?

— Faz sete anos que eu ando e durmo de sapatos. Se eu morrer, morro de sapatos.

— Sete anos sem tirar os sapatos, puta vida, Primo, você deve estar com um baita de um chulé!

Enquanto isso Canhoto voltou: mas não está trazendo apenas as facas para as batatas. Empoleirada no seu ombro há uma ave horrível batendo as asas cortadas, amarrada com uma correntinha no pé, como se fosse um papagaio.

— O que é? O que é? — diz Pin, e já colocou um dedo embaixo do seu bico. A ave revira os olhos amarelos e por pouco não lhe acerta uma bicada.

— Ha, ha — ri Canhoto —, mais um pouco e ficava sem dedo, companheiro! Tome cuidado, que Babeuf é um falcão vingativo!

— Onde você conseguiu, Canhoto? — pergunta Pin, que vai aprendendo mais e mais que não se deve confiar nem nos adultos, nem em seus bichos.

— Babeuf é um veterano dos bandos. Apanhei-o pequenino assim do ninho e é a mascote do destacamento.

— Teria sido melhor se o tivesse deixado livre para ser ave de rapina — diz o Primo —, é uma mascote mais azarenta que um padre.

Mas Canhoto leva a mão ao ouvido e faz sinal para ficarem quietos.

— Tá-tatá... vocês ouviram?

Ficam à escuta: no fundo do vale ouvem-se uns disparos. Rajadas, tá-pum, e alguns baques de granadas.

Canhoto dá um soco na mão, com sua risadinha azeda:

— Vai ser agora, vai ser agora, podem acreditar, vamos acabar com todos eles.

— Bom. Se ficarmos aqui, vamos fazer é pouco. Eu vou dar uma olhada — diz o Primo.

— Espere — diz Canhoto. — Não vai comer um pouco de castanhas? Sobraram de hoje de manhã. Giglia!

O Primo ergue a cabeça de repente.

— Quem você está chamando? — diz.

— Minha mulher — diz o Canhoto. — Está aqui desde ontem à noite. A brigada negra estava atrás dela na cidade.

Com efeito, à soleira da casa aparece uma mulher, loira oxigenada e ainda jovem, embora um tanto sem viço.

O Primo está de sobrancelhas arqueadas e alisa os bigodes com um dedo.

— Olá, Primo! — diz a mulher. — Refugiei-me um pouco aqui em cima! — E se adianta com as mãos nos bolsos: está vestindo calças compridas e uma camisa de homem.

O Primo dá uma olhada para Pin. Pin entende: se começam a trazer mulheres cá para cima vai acabar mal. E está orgulhoso por haver segredos entre ele e o Primo, a serem comunicados com olhares, segredos sobre questões de mulheres.

— Veio trazer o bom tempo — diz o Primo, meio amargo, desviando o olhar e apontando para o vale, onde se continua a ouvir tiros.

— E que tempo melhor do que este você pode querer? — diz Canhoto. — Ouça a *pesada*, como está cantando, ouça a zoeira dos cospe-fogos! Giglia, dê-lhe uma xícara de castanhas, que está querendo descer.

A Giglia olha para o Primo com um sorriso estranho: Pin percebe que ela tem os olhos verdes e que mexe o pescoço como o dorso de um gato.

— Não dá tempo — diz o Primo. — Preciso mesmo ir. Preparem a comida. Cuide-se, Pin.

E se afasta, com aquela capa enrolada a tiracolo e a metralhadora sempre apoiada no ombro.

Pin gostaria de alcançar o Primo e andar sempre com ele,

mas está com os ossos quebrados depois de tantas peripécias, e aqueles disparos no fundo do vale lhe dão uma vaga sensação de medo.

— Quem é você, menino? — diz a Giglia, passando a mão por seus cabelos crespos e arrepiados, apesar de Pin se sacudir para afastá-la, porque nunca agüentou carinhos de mulher. Além disso está sentido, não gosta que o chamem de menino.

— Seu filho, ora, é isso que eu sou: não percebeu durante a noite que estava parindo alguém?

— Bela resposta! Bela resposta! — grasna o Canhoto, afiando as facas uma contra a outra e enlouquecendo o falcão, que tem chiliques. — Nunca se pergunta a um *partigiano*: quem é você? Sou filho do proletariado, responda assim, minha pátria é a Internacional, minha irmã é a revolução.

Pin olha para ele de soslaio, piscando:

— O quê? Você também conhece minha irmã?

— Não dê bola — diz Giglia. — Já encheu o saco de todo mundo nos bandos, com sua revolução permanente, e até os comissários discutem com ele: trotskista, foi o que lhe disseram, trotskista!

Trotskista: mais uma palavra nova!

— O que quer dizer? — pergunta.

— Eu não sei direito o que quer dizer — diz a Giglia —, mas com certeza é uma palavra que lhe cai bem: trotskista!

— Sua idiota! — grita-lhe o Canhoto. — Eu não sou trotskista! Se você veio até aqui em cima para me aporrinhar, vai voltar já para a cidade e o raio da brigada negra que a carregue!

— Seu porco egoísta! — diz Giglia. — Por sua culpa...

— Pode parar! — diz Canhoto. — Deixe-me ouvir: por que a *pesada* não está mais cantando?

De fato a *pesada*, que até então tinha continuado a disparar rajadas, parou de repente.

Canhoto olha para a mulher, preocupado:

— O que pode ter acontecido: acabou a munição?

— ...ou o metralhador morreu... — diz a Giglia com

apreensão. Ficam um pouco de ouvidos apurados os dois, depois se olham e o rancor reaparece no rosto deles.

— E aí? — diz Canhoto.

— Estava dizendo — recomeça a gritar a Giglia — que por sua culpa tive de viver meses com o coração na garganta e ainda assim não quer que eu me refugie aqui em cima.

— Cadela! — diz Canhoto. — Cadela! Se eu vim até aqui no alto das montanhas, é porque... Pronto! Recomeçou!

A *pesada* recomeça; rajadas breves, espaçadas.

— Ainda bem — diz a Giglia.

— ...é porque — grita o outro — não agüentava mais viver em casa com você, com tudo aquilo que você me esfregava na cara!

— Ah, é? Mas e quando esta guerra terminar e os navios zarparem novamente e eu não vou ver você mais que duas ou três vezes por ano?... Ouça, que disparos são esses?

O Canhoto escuta, perturbado:

— Parece morteiro...

— Nosso ou deles?

— Deixe-me ouvir: este é um tiro de saída... São eles!

— É de chegada: é mais para o fundo do vale, são os nossos...

— Só para me contrariar: ah, se eu tivesse ido para onde só eu sei no dia em que conheci você! É, são os nossos mesmo... ainda bem, Giglia, ainda bem...

— Eu não disse? Trotskista, é isso que você é: trotskista!

— Interesseira! Traidora! Sua porca menchevique!

Pin se diverte de montão: isso ele conhece bem. No beco havia brigas de marido e mulher que duravam dias inteiros, e ele passava horas acompanhando-as debaixo das janelas, como se estivesse ouvindo rádio, sem perder uma única fala: uma vez ou outra Pin se intrometia com algum comentário, que gritava com todo o fôlego que era capaz de ter, tanto que às vezes o casal parava de brigar e os dois iam para a janela, no mesmo parapeito, para xingá-lo.

Aqui é tudo muito mais bonito: no meio do bosque, com o acompanhamento dos tiros, e com palavras novas e coloridas.

Agora está tudo calmo, no fundo do vale a batalha parece ter se apagado. Os dois cônjuges olham-se feio, já sem voz na garganta.

— Puta vida, não vão querer parar tão depressa — diz Pin. — Perderam o fio da meada?

Os dois olham para Pin, depois um olha para o outro para ver se está para dizer alguma coisa e dizer logo o contrário.

— Estão cantando! — exclama Pin. De fato, do fundo do vale chega o eco de um canto indistinto.

— Estão cantando em alemão... — sussurra o cozinheiro.

— Seu bobo! — grita a mulher. — Ficou surdo, é? Não está ouvindo que é "Bandiera rossa"?*

— "Bandiera rossa"? — O homenzinho dá uma pirueta no ar, batendo palmas, e o falcão arrisca um vôo de asas cortadas sobre sua cabeça. — É. É "Bandiera rossa"!

Toma impulso e desce correndo pelos barrancos, cantando "Bandiera rossa la trionferà..." até alcançar a borda de um precipício, de onde apura bem o ouvido.

— É, é "Bandiera rossa"!

Volta correndo, dando gritos de felicidade com o falcão planando, amarrado pela correntinha feito uma pipa. Beija a mulher, dá um cascudo em Pin e os três ficam de mãos dadas, cantando.

— Está vendo? — diz o Canhoto a Pin. — Não vai achar que estávamos brigando de verdade: estávamos brincando.

— Verdade — diz Giglia. — Meu marido é meio bobo, mas é o melhor marido do mundo.

Assim dizendo, levanta o capuz de pele de coelho e o beija na careca. Pin não sabe se é verdade ou não, os adultos

(*) "Bandeira vermelha", famosa canção do movimento operário italiano. (N. T.)

sempre são ambíguos e mentirosos, seja lá como for, ele se divertiu bastante assim mesmo.

— Vamos lá, descascando batatas — diz Canhoto —, que daqui a duas horas estarão de volta e nada vai estar pronto!

Viram o saco de batatas e sentam-se em volta para descascá-las e depois jogá-las num panelão. As batatas estão frias e gelam os dedos, mesmo assim é bom descascar batatas junto com esse estranho tipo de gnomo, que não dá para entender se é bom ou mau, e sua mulher, mais incompreensível ainda. A Giglia, em vez de descascar batatas, começa a se pentear: isso dá nos nervos de Pin, porque ele não gosta de trabalhar enquanto alguém fica no ócio na sua frente, mas Canhoto continua a descascar batatas; talvez esteja acostumado, porque entre eles sempre acontece assim.

— O que vai ter hoje para comer? — pergunta Pin.

— Cabrito com batatas — responde Canhoto. — Gosta de cabrito com batatas?

Pin só sabe que está com fome e diz que sim.

— Você sabe cozinhar direito, Canhoto? — pergunta.

— Arre se eu sei! — diz Canhoto. — É meu trabalho. Vinte anos a bordo das embarcações como cozinheiro, eu passei. Navios de todos os tipos e de todas as nações.

— Até navios piratas? — pergunta Pin.

— Até navios piratas.

— Até navios chineses?

— Até navios chineses.

— Você fala chinês?

— Falo todas as línguas do mundo. E sei cozinhar à moda de todos os cantos do mundo: cozinha chinesa, cozinha mexicana, cozinha turca.

— E como vai preparar cabrito com batatas, hoje?

— À esquimó. Gosta, à esquimó?

— Puta vida, Canhoto, à esquimó!

Na pele de um tornozelo, que a calça puída deixava à

mostra, Pin observa que Canhoto tem o desenho de uma borboleta.

— O que é? — pergunta.

— Uma tatuagem — diz Canhoto.

— E para que serve?

— Você quer saber demais.

A água já está fervendo quando os primeiros homens chegam.

Pin sempre desejou ver os *partigiani*. Agora está de boca aberta no meio da clareira diante da casa e mal consegue fixar a atenção num deles, que logo vão chegando mais dois ou três, todos diferentes e carregados de armas e fitas de metralhadora.

Podem até parecer soldados, uma companhia de soldados que se perdeu durante uma guerra de muitos anos atrás, e ficou vagando pelas florestas, sem encontrar o caminho de volta, de farda rasgada, sapatos arrebentados, cabelos e barba desgrenhados, e armas que agora só servem para matar os animais silvestres.

Estão cansados e empastados por uma crosta de suor e poeira. Pin esperava que chegassem cantando; mas, ao contrário, estão calados e sérios, e se jogam na palha em silêncio.

Canhoto faz festa como se fosse um cachorro e dá um soco na palma, com altas risadas:

— Demos uma surra neles, desta vez! Como foi? Contem-me.

Os homens meneiam a cabeça; jogam-se na palha e não falam. Por que estão chateados? Parecem voltar de uma derrota.

— Então foi mau assim? Tivemos baixas? — Canhoto vai de um a outro e não se conforma.

Esperto, o comandante, também chegou. É um jovem magro, com um estranho movimento nas narinas e o olhar emoldurado em cílios pretos. Anda por aí, xinga os homens, e resmunga porque a comida não está pronta.

— Afinal: o que foi que aconteceu? — insiste o cozinheiro. — Não vencemos? Se não me explicarem não vou mais preparar a comida.

— Claro que sim, claro que sim, vencemos — diz o Esperto. — Perderam dois caminhões, uns vinte alemães mortos, um bom saque.

Diz isso tudo com despeito, como se o admitisse contra a vontade.

— Então houve muitas baixas? Dos nossos também?

— Houve dois feridos nos outros destacamentos. Nós estamos todos salvos, claro.

Canhoto olha para ele: talvez esteja começando a entender.

— Não sabe que nos colocaram do outro lado do vale — berra o Esperto — e que não podíamos dar um tiro sequer! É bom que na brigada decidam logo: ou não confiam no destacamento, e então o desmancham, ou acreditam que somos *partigiani* como os outros e mandam a gente para a ação. Se for para ir até lá e só ficar na retaguarda mais uma vez, a gente nem se mexe. E eu me demito. Eu estou doente.

Cospe e vai para dentro da casinhola.

O Primo também chegou e chama Pin.

— Pin, quer ver o batalhão passar? Desça para a borda do despenhadeiro, dá para ver a estrada.

Pin corre e se debruça pelas moitas. Abaixo dele há a estrada e uma fileira de homens está subindo. Mas são homens diferentes de todos os outros que viu até agora: homens coloridos, brilhantes, barbudos, armados até os dentes. Têm as fardas mais estranhas, sombreiros, capacetes, jaquetas de pêlo, troncos nus, cachecóis vermelhos, pedaços de fardas de todos os exércitos e armas todas diferentes e todas desconhecidas. Também passam os prisioneiros, abatidos e pálidos. Pin acha que nada disso pode ser verdade, que é tudo uma miragem, efeito do sol na poeira da estrada.

De repente, no entanto, estremece: aquela é uma cara conhecida, mas claro, não há dúvida, é Lobo Vermelho. Chama-o, e num instante já se alcançaram: Lobo Vermelho tem uma arma alemã no ombro e está mancando, com um tornozelo inchado. Ainda usa seu boné russo, mas com a estrela por cima, uma estrela vermelha dentro de um círculo branco e um verde, concêntricos.

— Muito bem — diz a Pin —, veio até aqui sozinho, você é valente.

— Puta vida, Lobo Vermelho — diz Pin —, o que está fazendo aqui? Eu esperei tanto por você.

— Sabe, é que ao sair dali quis dar uma olhada no estacionamento dos caminhões alemães que fica lá embaixo. Entrei num jardim vizinho, e pela balaustrada vi os soldados todos equipados que estavam se aprontando. Pensei: estão armando um golpe contra a gente. Se começam a se preparar agora, vão querer estar lá em cima ao amanhecer. E então vim direto para cá, para avisá-los, e deu certo. Mas forcei o tornozelo, que já tinha inchado com a queda, e agora estou mancando.

— Você é um fenômeno, Lobo Vermelho, porra — diz Pin —, mas você também é um fodido que me largou ali quando tinha me dado sua palavra de honra.

Lobo Vermelho enterra o boné à russa na cabeça.

— A primeira honra — diz — é a da causa.

Enquanto isso chegaram no campo do Esperto. Lobo Vermelho olha todos de cima a baixo e responde friamente aos cumprimentos.

— Veio dar num belo lugar, não é? — diz.

— Por quê? — diz Pin, com uma ponta de amargura: já se apegou ao ambiente e não quer que Lobo Vermelho o leve embora de novo.

Lobo Vermelho se aproxima do seu ouvido:

— Não conte para ninguém: eu fiquei sabendo. No destacamento do Esperto mandam os mais traiçoeiros, os mais avariados da brigada. Talvez eles fiquem com você porque você é um menino. Mas se quiser eu posso providenciar para que mudem você.

Pin não gosta que o deixem ficar ali porque é um menino: mas os que ele conhece não são traiçoeiros.

— Diga, Lobo Vermelho, o Primo é traiçoeiro?

— O Primo é um sujeito que tem de ser deixado por conta própria. Anda por aí sempre sozinho e é valente e corajoso. Parece que houve uma história por causa de uma amante dele, neste inverno, e acabamos perdendo três dos nossos. Todos sabem que ele não teve nada a ver com aquilo, mas ele ainda não se conformou.

— E Canhoto: diga-me, é verdade que é trotskista?

"Talvez agora ele me explique o que quer dizer", pensa Pin.

— É um extremista, o comissário da brigada me disse. Não vai ficar dando ouvidos a ele, vai?

— Não, não — responde Pin.

— Companheiro Lobo Vermelho — exclama Canhoto aproximando-se com o falcão no ombro —, vamos nomeá-lo Comissário do Soviete da Cidade Velha!

Lobo Vermelho nem se dá o trabalho.

— O extremismo, doença infantil do comunismo! — diz para Pin.

6

Pelo chão, sob as árvores do bosque, há uma relva espinhosa de ouriços e charcos secos e cheios de folhas duras. À noite lâminas de neblina se infiltram por entre os troncos dos castanheiros mofando seus dorsos com as barbas avermelhadas dos musgos e os desenhos azulados dos liquens. O acampamento pode ser adivinhado antes de se chegar lá, por causa da fumaça que se eleva acima dos galhos e do canto baixinho de um coro que aumenta à medida que nos embrenhamos no bosque. É uma casinhola de pedra, de dois andares, o andar de baixo para os bichos, com chão de terra batida; e o de cima feito de ramos, para os pastores dormirem.

Agora há homens em cima e embaixo, em enxergões de samambaias frescas e feno, e a fumaça do fogo aceso embaixo não tem janelas para sair, então se concentra sob as ardósias do teto, queimando a garganta e os olhos dos homens, que tossem. Toda noite os homens sentam ao redor das pedras da fogueira, acesa no coberto para que os inimigos não a divisem, e ficam todos amontoados, com Pin no meio, iluminado pelos reflexos, cantando a plenos pulmões como na taberna do beco. E os homens são como os da taberna, de cotovelos cravados e olhos duros, só que não olham resignados para o arroxeado dos copos: nas mãos têm o ferro das armas e amanhã vão sair atirando contra outros homens: os inimigos.

Isto têm de diferente de todos os outros homens: inimigos, uma noção nova e desconhecida para Pin. No beco havia berros e brigas e ofensas de homens e mulheres dia e noite, mas não havia aquela amarga vontade de inimigos, aquele desejo que não deixa dormir à noite. Pin ainda não sabe o que significa ter inimigos. Em todos os seres humanos para Pin há um quê de nojento como nos vermes, e um quê de bom e quente que atrai companhia.

Estes, porém, não sabem pensar em outra coisa, como os apaixonados, e quando dizem certas palavras a barba deles treme, e os olhos brilham, e os dedos acariciam a mira das espingardas. A Pin não pedem que cante canções de amor, ou cançõezinhas para rir: querem seus cantos cheios de sangue e tormentas, ou então as canções de prisões e de crimes, que só ele conhece, ou então até canções muito obscenas que para cantá-las é preciso gritar com ódio. Claro, eles enchem Pin de admiração mais do que todos os outros homens: sabem histórias de caminhões cheios de gente esmigalhada e histórias de espiões que morrem nus dentro de valas na terra.

Abaixo da casinhola, os bosques vão rareando em tiras de prado, e dizem que lá há espiões enterrados e Pin tem um pouco de medo de passar por ali à noite, para não sentir que está sendo puxado pelos calcanhares por mãos crescidas no meio da relva.

Pin já é do bando: sente-se íntimo de todos, e para cada um deles encontrou a frase zombeteira apropriada para que corram atrás dele, e lhe façam cócegas, e lhe dêem socos.

— Puta vida, comandante — diz ao Esperto —, disseram-me que já encomendou a farda para quando for lá para baixo, com divisas, esporas e sabre.

Pin brinca com os comandantes, mas sempre procura manter boas relações com eles, pois gosta de ser amigo deles e também para tentar evitar alguns turnos de guarda ou de trabalhos pesados.

O Esperto é um jovem magro, filho de sulistas emigrados

para o Norte, com um sorriso doente e pálpebras caídas por causa dos longos cílios. Ele era garçom; bela profissão, porque se vive perto dos ricos e numa temporada se trabalha e na outra se descansa. Mas ele preferiria ficar o ano todo deitado ao sol, com seus braços que eram só nervos sob a cabeça. No entanto, à sua revelia, ele tem uma fúria que sempre o mantém em movimento e que faz vibrar suas narinas como antenas, e lhe dá um prazer sutil no manejo das armas. No comando da brigada há uma certa prevenção contra ele, porque do comitê chegaram informações nada boas a seu respeito, e porque nas ações ele sempre quer fazer o que bem entende e gosta demais de mandar e de menos de dar o exemplo. Mas quando quer tem muita coragem e há poucos comandantes: assim lhe deram aquele destacamento, no qual não se fiam muito, e que serve mais para manter isolados os homens que poderiam estragar os outros. Por isso o Esperto está ofendido com o comando, e age por conta própria e tem ataques de preguiça; de vez em quando diz que está doente e passa o dia deitado na cama de samambaias frescas da casinhola, com os braços sob a cabeça e os longos cílios caídos sobre os olhos.

Para fazê-lo andar na linha seria preciso um comissário de destacamento muito habilidoso e seguro: mas Giacinto, o comissário, está acabado de tanto piolho; ele deixou aumentar os piolhos a tal ponto que não tem mais como detê-los, assim como não sabe ter autoridade sobre o comandante nem sobre os homens. De vez em quando ele é chamado no batalhão ou na brigada, e lhe mandam fazer uma análise crítica da situação e estudar modos de resolvê-la: mas é fôlego gasto à toa, porque ele volta e recomeça a se coçar dia e noite e finge não saber o que o comandante faz e o que os homens dizem sobre aquilo.

O Esperto aceita as brincadeiras de Pin mexendo as narinas e com seu sorriso doente, e diz que Pin é o homem mais valente do destacamento e que ele está doente e quer se retirar e podem passar o comando a Pin, as coisas vão dar sempre errado mesmo. Então todos começam a provocar Pin, perguntando-lhe quando irá participar de uma ação e se seria capaz de apontar para um alemão e atirar nele. Pin fica zangado quando lhe dizem essas coisas, porque, no fundo, teria medo de se encontrar no meio do fogo cruzado, e talvez não tivesse coragem de atirar num homem. Mas quando está no meio dos companheiros quer se convencer de que é como um deles, e então começa a contar o que fará quando o deixarem ir para a batalha, e se põe a imitar o barulho de uma metralhadora, e mantém os punhos juntos, sob os olhos, como se estivesse atirando.

Então se empolga: pensa nos fascistas, quando o chicoteavam, nas caras azuladas e imberbes na sala do interrogatório, tá-tatatá, pronto, estão todos mortos, e mordem o tapete debaixo da escrivaninha do oficial alemão com gengivas cheias de sangue. É a vontade de matar, nele também, áspera e rude; de matar também a sentinela escondida no galinheiro, ainda que seja um tonto, justamente porque é um tonto, de matar também a sentinela triste da prisão, justamente porque é triste e tem a cara cortada por navalha. É uma vontade remota, nele, como a vontade de amor, um sabor desagradável e excitante como a fumaça e o vinho, uma vontade que não dá para entender direito por que todos os homens têm, e que há de guardar, se satisfeita, prazeres secretos e misteriosos.

— Se eu fosse um garoto como você — diz Zena, o Comprido, de alcunha Boné-de-Madeira —, não levaria tanto tempo para descer à cidade e atirar num oficial, e voltar a fugir para cá. Você é um garoto e ninguém repararia e você poderia chegar até bem debaixo do nariz dele. E até fugir seria mais fácil para você.

Pin se rói de raiva: sabe que dizem essas coisas para zombar dele e depois não lhe dão armas e não deixam que ele se afaste do acampamento.

— Mandem-me — diz —, e vão ver como vou.

— Isso mesmo, parta amanhã — dizem.

— Querem apostar? Um dia desses vou lá e acabo com um oficial — diz Pin.

— Pronto! — dizem os outros. — Vai dar as armas para ele, Esperto?

— Pin é auxiliar de cozinheiro — diz o Esperto —, suas armas são a faca para as batatas e a escumadeira.

— Estou pouco me lixando para as armas de vocês! Puta vida, eu tenho uma pistola da Marinha alemã, e nenhum de vocês tem uma igual!

— Porra — dizem os outros —, e onde guarda: em casa? Uma pistola da Marinha: só se for das de água!

Pin morde os lábios: um dia vai desenterrar a pistola, e fará coisas maravilhosas, coisas de deixar todos boquiabertos.

— Querem apostar que eu tenho uma pistola P.38 escondida num lugar que só eu sei?

— Mas que *partigiano* é você, afinal, que esconde as armas que tem? Explique-nos onde está e a gente vai buscar.

— Não. É um lugar que só eu sei onde fica e não posso contar para ninguém.

— Por quê?

— As aranhas fazem ninho ali.

— Cada uma! E desde quando aranhas fazem ninho? Não são andorinhas nem nada!

— Se não acreditam, dêem-me uma das armas de vocês.

— Nossas armas nós as conseguimos. Nós as con-quista-mos.

— Eu também conquistei a minha, puta vida. No quarto da minha irmã, enquanto o outro...

Os outros riem, não entendem nada dessas coisas. Pin gostaria de ir embora e ser *partigiano* sozinho com sua pistola.

— Quer apostar que eu vou encontrar sua P.38?

Quem fez essa pergunta foi Pele, um garoto franzino, sempre resfriado, com uns bigodinhos recém-nascidos acima dos lábios ressecados pela febre. Está polindo cuidadosamente um obturador, esfregando com um pano.

— Quanto quiser, podemos até apostar sua tia, porque o lugar dos ninhos das aranhas você não conhece — diz Pin.

Pele pára de esfregar com o pano:

— Seu fedelho, os cantos do fosso eu conheço como a palma da minha mão, e você nem imagina com quantas garotas deitei por aquelas margens.

Pele tem duas paixões que o devoram: armas e mulheres. Conseguiu a admiração de Pin discutindo com competência sobre todas as prostitutas da cidade e fazendo apreciações sobre sua irmã, a Morena, que davam a entender que também a conhecia bem. Pin tem um misto de atração e repulsa por ele, tão franzino e sempre resfriado, sempre contando histórias de garotas tomadas à revelia pelos cabelos e deitadas na grama, ou histórias de armas novas e complicadas, equipamentos das brigadas negras. Pele é jovem, mas já rodou a Itália toda com os acampamentos e as marchas dos vanguardistas* e sempre manuseou armas e esteve nas casas de tolerância de todas as cidades, embora não tenha a idade prescrita.

— Ninguém sabe onde ficam os ninhos das aranhas — diz Pin.

Pele ri descortinando as gengivas.

— Eu sei — diz —, agora vou à cidade aliviar a casa de um fascista de uma metralhadora, e vou também procurar sua pistola.

De vez em quando Pele vai à cidade e volta carregado de armas: sempre consegue saber onde há armas escondidas, quem as guarda em casa, e a cada vez corre o risco de ser apanhado só para aumentar seu armamento. Pin não sabe se Pele está dizendo a verdade: talvez Pele seja o grande amigo tão

(*) *Avanguardisti*, no original: organização paramilitar fascista, composta de garotos de catorze a dezoito anos. (N. T.)

procurado, que sabe tudo de mulheres e de pistolas e também dos ninhos de aranha; mas dá medo com aqueles seus olhinhos avermelhados, congestionados.

— E se a encontrar, vai trazê-la para mim? — diz Pin.

O riso de Pele é todo gengivas:

— Se eu a encontrar vou ficar com ela.

É difícil arrancar uma arma de Pele: todo dia tem escândalo no destacamento, porque Pele não é um bom companheiro e reclama direito de propriedade sobre todo o arsenal que conseguiu. Antes de se juntar aos bandos, ele tinha ingressado nas brigadas negras só para ter uma metralhadora e andava pela cidade atirando nos gatos durante o toque de recolher. Em seguida, depois de ter roubado metade do arsenal, desertara, e desde então sempre ficara indo e vindo da cidade, desentocando estranhas armas automáticas e granadas e pistolas. A brigada negra aparecia com certa freqüência em suas conversas, pintada com tons diabólicos, que, no entanto, não deixavam de ter um certo fascínio:

— Na brigada negra fazem isso... dizem mais isso...

— Esperto, então já vou, estamos combinados — diz Pele agora, com pequenos toques de língua nos lábios, fungando.

Não se deveria deixar um homem ir e vir conforme bem entende, mas as expedições de Pele sempre dão lucro; ele nunca volta de mãos abanando.

— Vou deixá-lo ficar fora dois dias — diz o Esperto —, não mais que isso, estamos entendidos? E não faça bobagens, para não ser apanhado.

Pele continua a umedecer os lábios.

— Vou levar a *sten* nova — diz.

— Não — diz o Esperto —, você tem a velha. Nós precisamos da nova.

Estava demorando.

— A *sten* nova é minha — diz Pele —, quem trouxe fui eu, e eu pego quando bem entender.

Quando Pele começa a brigar seus olhos ficam ainda

mais vermelhos, como se estivesse para chorar, e sua voz se torna ainda mais nasal e mucosa. O Esperto, ao contrário, é frio, inflexível, com um simples rodar de narinas, antes de abrir a boca.

— Então não vai sair daqui — diz.

Pele começa uma ladainha em que se vangloria de todos os seus méritos e diz que se for assim ele vai deixar o destacamento mas vai levar todas as suas armas. Toma uma bofetada seca do Esperto na face:

— Você faz o que eu mandar, está bem?

Os companheiros olham e aprovam: não têm maior apreço por Esperto do que por Pele, mas o comandante impor respeito é algo que os deixa contentes.

Pele está ali fungando e com a marca vermelha dos cinco dedos na face pálida.

— Você vai ver só — diz Pele. Vira-se e vai embora.

Tem neblina, lá fora. Os homens dão de ombros. Houve outras vezes em que Pele fez cenas desse tipo, mas depois sempre voltou com novos saques. Pin corre atrás dele.

— Diga, Pele, minha pistola, ouça, aquela pistola... — Nem ele sabe o que quer lhe pedir. Mas Pele já desapareceu e a neblina abafa os chamados. Pin volta em meio aos outros: têm fios de palha nos cabelos e olhar azedo.

Para animar a atmosfera e se desforrar das zombarias, Pin começa a fazer brincadeiras com os que são menos capazes de se defender e se prestam mais às chacotas. A essa altura quem paga o pato são os quatro cunhados calabreses: Duque, Marquês, Conde e Barão. São quatro cunhados: vieram da aldeia para se casarem com quatro irmãs conterrâneas deles e emigradas para esses lados, e formam um bando meio que por conta própria, sob a direção de Duque, que é o mais velho e sabe impor respeito.

Duque usa um boné redondo de pêlo abaixado sobre um dos olhos e um bigodinho reto na cara quadrada e orgulhosa. Carrega uma enorme pistola austríaca enfiada no cinto: basta alguém contradizê-lo para que ele a exiba e a aponte para o estômago, mastigando uma frase truculenta numa linguagem toda sua e raivosa e cheia de consoantes dobradas e estranhas desinências:

— Enccheu mio ssacco!

Pin o imita:

— Oi! Cummpaddi!

E Duque, que não aceita brincadeiras, corre atrás dele com a pistolona austríaca apontada, berrando:

— Eu ti queimmo as cabbeças! Eu ti quebbro os chifres!

Mas Pin ousa porque sabe que os outros torcem por ele e o defendem e se divertem provocando e colocando sempre os calabreses no meio: Marquês com a cara esponjosa e a testa carcomida pelos cabelos; Conde, varapau seco, desengonçado e melancólico; e Barão, o mais novo, com um grande chapéu de camponês, preto, um olho estrábico e a medalhinha de Nossa Senhora pendurada na lapela. Duque trabalhava como açougueiro clandestino, e mesmo no destacamento quando há algum animal a ser esquartejado ele se oferece para o serviço: há nele um obscuro culto do sangue. Freqüentemente partem, os quatro cunhados, e vão até o vale rumo aos campos de cravos onde vivem as irmãs suas mulheres. Ali eles têm duelos misteriosos com as brigadas negras, emboscadas e vinganças, como se estivessem fazendo uma guerra por conta própria, devido a antigas rivalidades familiares.

Às vezes, de noite, Zena, o Comprido, de alcunha Boné-de-Madeira, diz para Pin se calar um pouco, porque encontrou um trecho bonito do livro e quer lê-lo em voz alta. Zena, o Comprido, de alcunha Boné-de-Madeira, passa dias inteiros sem deixar a casinhola, deitado no feno moído, lendo um livrão intitulado *Superpolicial*, à luz de uma lamparina. É capaz de levar seu livro até nas ações, e de continuar lendo, apoiando o livro no pente da metralhadora, enquanto espera que os alemães cheguem.

Agora está lendo em voz alta com sua monótona cadência genovesa: histórias de homens que desaparecem em misteriosos bairros chineses. O Esperto gosta de ouvir ler e manda que os outros fiquem em silêncio: em toda a sua vida nunca teve paciência para ler um livro, mas certa vez, quando estava na prisão, passou horas e horas ouvindo um velho detento ler em voz alta *O conde de Monte Cristo*, e disso ele gostava muito.

Mas Pin não entende qual é a graça de ler, acha maçante. Diz:

— Boné-de-Madeira, o que sua mulher vai dizer naquela noite?

— Que noite? — diz Zena, o Comprido, de alcunha Boné-de-Madeira, que ainda não se acostumou às zombarias de Pin.

— Aquela noite em que forem para a cama pela primeira vez e você continuar lendo um livro o tempo todo!

— Cara de porco-espinho! — diz Zena, o Comprido.

— Beiço de boi! — responde Pin. O genovês tem uma cara larga e pálida, com dois lábios enormes e os olhos apagados por baixo da viseira de um bonezinho de couro que parece de madeira. Zena, o Comprido, se aborrece e vai se levantar:

— Por que beiço de boi? Por que me chama de beiço de boi?

— Beiço de boi! — insiste Pin, ficando fora do raio de alcance das suas mãos enormes. — Beiço de boi!

Pin arrisca porque sabe que o genovês nunca vai fazer o esforço de correr atrás dele e que pouco depois sempre resolve deixá-lo falar para tornar a ler, acompanhando com seu dedo enorme as palavras que lê. É o homem mais preguiçoso que já apareceu nos bandos: tem umas costas de estivador, mas nas marchas sempre arranja alguma desculpa para evitar a carga. Todos os destacamentos procuraram se livrar dele, até que o mandaram com o Esperto.

— É uma crueldade — diz Zena, o Comprido, de alcunha Boné-de-Madeira —, os homens serem obrigados a trabalhar a vida toda.

Mas há cidades, na América, onde as pessoas ficam ricas sem tanto esforço: Zena, o Comprido, irá para lá assim que os navios a vapor tornarem a partir.

— A livre-iniciativa, o segredo de tudo é a livre-iniciativa — diz esticando os longos braços, deitado no feno da casinhola, e recomeça a soletrar com o dedo, mexendo os lábios, as palavras no livro, que explica a vida daquelas cidades livres e felizes.

De noite, quando todos já estão dormindo na palha, Zena, o Comprido, de alcunha Boné-de-Madeira de alcunha Beiço-de-Boi, dobra o canto da página começada, fecha o livro, sopra a chama da lamparina e adormece com a face encostada na capa do livro.

7

Os sonhos dos *partigiani* são raros e curtos, sonhos nascidos das noites de fome, ligados à história da comida, sempre pouca e a ser dividida entre tantos: sonhos com pedaços de pão mordiscados e depois trancados numa gaveta. Os vira-latas devem ter sonhos parecidos, com ossos roídos e escondidos debaixo da terra. Só quando o estômago está cheio, o fogo aceso, e não andamos muito durante o dia, podemos nos dar ao luxo de sonhar com uma mulher pelada, e acordamos de manhã desimpedidos e espumosos, com uma alegria de âncoras levantadas.

Então os homens deitados no meio do feno começam a falar das suas mulheres, passadas e futuras, a fazer projetos para quando a guerra tiver terminado, e a passar uns para os outros fotografias amareladas.

A Giglia dorme perto da parede, do outro lado do seu marido baixo e careca. De manhã ouve as conversas dos homens cheios de desejo, e sente os olhares todos se aproximando dela como uma fileira de cobras em meio ao feno. Então ela se levanta e vai para a fonte, lavar-se. Os homens ficam na escuridão da casinhola com pensamentos nela, que abre a camisa e ensaboa o peito. O Esperto, que esteve sempre em silêncio, levanta-se e também vai se lavar. Os homens insultam Pin, que lê seus pensamentos e zomba deles.

Pin está no meio deles como entre os homens da taberna, mas num mundo mais colorido e mais selvagem, com aquelas noites passadas no feno, e aquelas barbas carregadas de insetos. Há neles algo de novo, que atrai e amedronta Pin, além daquela ridícula mania de mulheres, comum a todos os adultos: de vez em quando voltam para a casinhola com algum homem desconhecido e amarelo, que olha ao redor e parece não conseguir cerrar os olhos arregalados, e parece não conseguir desgrudar os maxilares para pedir alguma coisa que é muito importante para ele.

O homem vai com eles, dócil, pelos prados secos e nevoentos que se estendem no fim do bosque, e ninguém mais o vê voltar, e por vezes se torna a ver seu chapéu ou seu casaco ou seus sapatos de travas sendo usados por algum deles. Isso é misterioso e fascinante e toda vez Pin gostaria de se juntar ao pequeno destacamento que se encaminha pelos prados; mas os outros o enxotam com palavras hostis, e Pin começa a pular diante da casa e a cutucar o falcão com uma vassoura de urze, e entretanto pensa nos rituais secretos que têm lugar na grama úmida de névoa.

Certa noite, para pregar-lhe uma peça, o Esperto diz a Pin que na terceira faixa de gramado há uma surpresa para ele.

— Diga-me o que é, Esperto, puta vida — diz Pin, que se consome de curiosidade mas sente um receio sutil daquelas clareiras cinzentas na escuridão.

— Siga adiante pela faixa até encontrar — diz o Esperto, rindo entre os dentes podres.

Então Pin anda sozinho pela escuridão, com um medo que entra em seus ossos como o úmido da neblina. Acompanha a tira de grama pelos costões da montanha, e já perdeu de vista o clarão da fogueira na porta da casa.

Pára a tempo: por pouco não metia seu pé em cima! Abaixo de si vê uma grande forma branca deitada de viés na faixa: um corpo humano já inchado de costas na grama. Pin olha para ele, enfeitiçado: há uma mão negra que sobe da terra sobre aquele corpo, escorrega sobre a carne, se agarra como a mão de um afogado. Não é uma mão: é um sapo; um daqueles sapos que andam à noite pelos gramados e que agora sobe na barriga do morto. Pin, com os cabelos em pé e o coração na boca, foge correndo pelos prados.

Certo dia Duque volta para o acampamento; tinha estado fora com os três cunhados para uma das suas expedições misteriosas. Duque chega com um cachecol de lã preta em volta do pescoço e traz na mão o boné de pêlo.

— Companheiros — diz. — Mataram meu cunhado Marquês.

Os homens saem da casa e vêem Conde e Barão, que chegam, também com cachecóis de lã preta em volta do pescoço, trazendo, numa maca feita de estacas de vinhedo e ramos de oliveira, seu cunhado Marquês, morto pela brigada negra num campo de cravos.

Os cunhados encostam a maca diante da casa e ficam ali, de cabeça baixa e descoberta. Então percebem os dois prisioneiros. Há dois prisioneiros fascistas capturados na ação do dia anterior, que estão ali, descalços, despenteados e descascando batatas, de farda com os emblemas arrancados, explicando pela centésima vez, para quem quer que se aproxime, que eles tinham sido obrigados a se alistar.

Duque manda os dois prisioneiros pegarem pá e picareta, e levarem a maca para os prados, para sepultar o cunhado. Assim se põem a caminho: os dois fascistas carregam nos ombros o morto, que jaz na maca de ramos, depois os três cunhados, Duque no meio, os outros dos lados. Na mão esquerda têm o boné, que seguram no peito, na altura do coração: Duque o boné redondo de pêlo, Conde um gorro de lã, Barão o grande chapéu preto de camponês; na mão direita, cada um tem uma pistola, apontada. Atrás, a certa distância, seguem todos os outros, em silêncio.

A certa altura Duque começa a dizer as orações para os mortos: os versículos latinos, em sua boca, soam carregados de ira como blasfêmias, e os dois cunhados lhe fazem coro, sempre com as pistolas apontadas e os bonés sobre o peito. Assim o funeral avança pelos prados, a passos lentos: Duque dá ordens breves aos fascistas: que andem devagar, que mantenham reta a maca, e que virem, quando têm de virar; depois manda-os parar e cavar a fossa.

Os homens também param a certa distância e ficam olhando. Perto da maca e dos dois fascistas que cavam estão os três cunhados calabreses de cabeça descoberta, com os cachecóis de lã preta e as pistolas apontadas, dizendo rezas latinas. Os fascistas trabalham com pressa: já cavaram uma fossa profunda e olham para os cunhados.

— Mais — diz Duque.

— Mais funda? — perguntam os fascistas.

— Não — diz Duque —, mais larga.

Os fascistas continuam a cavar e a levantar terra; fazem uma fossa duas, três vezes mais larga.

— Chega — diz Duque.

Os fascistas põem o cadáver de Marquês no meio da fossa, depois saem para tornar a jogar terra lá dentro.

— Para baixo — diz Duque —, cubram-no ficando aí embaixo.

Os fascistas vão deixando cair pás e pás de terra só sobre o morto, e ficam em duas fossas separadas, dos lados do cadáver enterrado. De vez em quando se viram para ver se Duque lhes permite sair, mas Duque quer que continuem jogando terra sobre o cunhado morto, terra que já forma um túmulo alto sobre seu corpo.

Depois chega a névoa e os homens deixam os cunhados de cabeça descoberta e pistola apontada e se vão: uma névoa opaca, que apaga as figuras e abafa os ruídos.

A história dos funerais do calabrês, quando chegou ao comando da brigada, causou desaprovação e o comissário Giacinto é convocado mais uma vez. Enquanto isso, os homens que ficaram na casinhola desabafam uma raivosa e agitada vontade de alegria, ouvindo as brincadeiras de Pin, que, poupando por uma noite os cunhados de luto, enfurece-se contra Zena, o Comprido, de alcunha Boné-de-Madeira.

A Giglia está ajoelhada perto do fogo, passando aos poucos a lenha fininha ao marido, que cuida de alimentar a chama; enquanto isso acompanha as conversas e ri e gira seus olhos verdes em volta. E toda vez seus olhos se encontram com os olhos sombrios de Esperto, e então até o Esperto ri, com seu sorriso podre e doente, e permanecem de olhares cruzados, até que ela baixa os olhos e fica séria.

— Pin, pare um pouco — diz Giglia —, cante um pouco aquela: "Quem bate à minha porta...".*

Pin deixa o genovês em paz para começar a cutucá-la.

— Quem você gostaria que batesse à sua porta, conte-me, Giglia — diz Pin —, quando seu marido não está em casa?

O cozinheiro levanta a cabeça careca, avermelhada pela proximidade da chama; está com aquele risinho de quando zombam dele:

— Eu gostaria que você batesse à minha porta, e que o Duque estivesse atrás de você com um facão, dizendo: vou arrancar suas tripas! Para eu dar com a porta na sua cara!

Mas a tentativa de tornar a provocar Duque é desastrada e não vinga. Pin dá alguns passos em direção ao Canhoto e o observa de soslaio, rindo, sarcástico:

— Ó, vejam só, Canhoto, é verdade mesmo que aquela vez você não percebeu?

Canhoto já aprendeu a brincadeira e sabe que não deve perguntar de que vez se trata.

(*) *Chi bussa alla mia porta...*

— Eu não. E você? — responde, mas ri azedo, porque sabe que Pin não vai poupá-lo, e os outros esperam ansiosos para ouvir o que ele vai inventar dessa vez.

— Aquela vez que depois de um ano navegando, sua mulher botou no mundo um filho e depois o levou para o asilo e você voltou e não percebeu nada?

Os outros, que estavam segurando o fôlego até aquela hora, morrem de rir e mexem com o cozinheiro:

— Ô, Canhoto, como é que foi? Essa você nunca tinha contado!

Canhoto também morre de rir, azedo feito limão verde.

— Porque — diz —, você acabou encontrando esse filho quando estava no asilo dos bastardos e ele lhe contou?

— Já chega! — diz Giglia. — Será possível que não consegue ficar sem dizer maldades, Pin? Cante um pouco aquela canção para nós, é tão bonita!

— Se eu quiser — diz Pin. — Não trabalho por encomenda.

O Esperto levanta-se lentamente e se espreguiça:

— Vamos, Pin, cante aquela canção que ela disse, ou então vai já montar guarda.

Pin afasta o topete dos olhos para observá-lo:

— Ei, tomara que os alemães não subam até aqui; o comandante está sentimental esta noite.

Já menciona um gesto de defesa do tabefe que espera, mas o Esperto olha para a Giglia por entre as pálpebras sombrias, por cima do cabeção do cozinheiro. Pin coloca-se a postos, de queixo erguido, empertigado, e começa:

Quem bate à minha porta, quem bate ao meu portão
*Quem bate à minha porta, quem bate ao meu portão.**

(*) *Chi bussa alla mia porta, chi bussa al mio porton/ Chi bussa alla mia porta, chi bussa al mio porton.*

É uma canção misteriosa e truculenta, que aprendeu de uma velha lá do beco, talvez outrora os contadores de história das feiras a cantassem.

Sou capitão dos mouros com toda a criadagem
*Sou capitão dos mouros com toda a criadagem.**

— Lenha — diz Canhoto, e estende a mão para a Giglia. Giglia lhe passa uma vassoura de urze, mas o Esperto estende a mão acima da cabeça do cozinheiro e a apanha. Pin canta:

Por piedade, dizei-me, ó Godea, onde está vosso filho
*Por piedade, dizei-me, ó Godea, onde está vosso filho.***

Canhoto ainda está de mão estendida, e o Esperto deixa a urze queimar. Depois Giglia passa no alto da cabeça do marido um punhado de ramos de sorgo, e sua mão esbarra na mão de Esperto. Pin acompanha a maquinação com olhos atentos e continua a canção:

Meu filho foi para a guerra, não pode mais voltar
*Meu filho foi para a guerra, não pode mais voltar.****

O Esperto pegou a mão de Giglia, com a outra mão lhe tirou o sorgo e o jogou no fogo, agora solta a mão de Giglia, e os dois se olham.

(*) *Son capitan dei mori con la sua servitù/ Son capitan dei mori con la sua servitù.*

(**) *Deh ditemi o Godea dov'è vostro figliol/ Deh ditemi o Godea dov'è vostro figliol.*

(***) *Mio figlio è andato a guerra non può più ritornar/ Mio figlio è andato a guerra non può più ritornar.*

Que o pão que ele come o possa sufocar
Que o pão que ele come o possa sufocar. *

Pin acompanha cada movimento com labaredas de fogo debaixo dos olhos: redobra o ímpeto do canto a cada dístico, como se estivesse para deixar ali sua alma.

E a água que ele bebe o possa afogar
*E a água que ele bebe o possa afogar.***

Agora o Esperto ultrapassa o cozinheiro e está perto da Giglia: a voz trovoa no peito de Pin, que quase arrebenta:

Que a terra que ele pisa possa se afundar
*Que a terra que ele pisa possa se afundar.****

O Esperto está de cócoras ao lado da Giglia: ela lhe dá a lenha e ele a põe no fogo. Os homens estão todos prestando atenção na canção, que está em seu ponto mais dramático:

Que dizeis, minha Godea, vosso filho sou eu
*Que dizeis, minha Godea, vosso filho sou eu.*****

A labareda agora está muito alta: seria preciso tirar lenha do fogo, e não acrescentar ainda mais se não se quer atear fogo no feno do andar de cima. Mas os dois continuam a passar gravetos de mão em mão.

(*) *Il pane che lui mangia lo possa soffocar/ Il pane che lui mangia lo possa soffocar.*

(**) *E l'acqua che lui beve lo possano affogar/ E l'acqua che lui beve lo possano affogar.*

(***) *La terra che lui calca si possa sprofondar/ La terra che lui calca si possa sprofondar.*

(****) *Che dite mia Godea son io vostro figliol/ Che dite mia Godea son io vostro figliol.*

Perdoe-me, meu filho, se falei mal de ti
*Perdoe-me, meu filho, se falei mal de ti.**

Pin está suando de tanto calor, e treme todinho pelo esforço, o último agudo foi tão alto que na escuridão perto do teto se ouve um bater de asas e um canto rouco: é o falcão Babeuf que acordou.

E puxou sua espada e a cabeça lhe cortou
*E puxou sua espada e a cabeça lhe cortou.***

Canhoto está com as mãos nos joelhos, agora. Ouve o falcão que acordou e se levanta para lhe dar de comer.

A cabeça saltou e para a sala rolou
*A cabeça saltou e para a sala rolou.****

O cozinheiro sempre carrega consigo um saquinho com as vísceras dos animais abatidos. Agora está com o falcão apoiado no dedo e com a outra mão põe no seu bico pedaços de rim vermelho-sangue.

No meio daquela sala nascerá uma bela flor
*No meio daquela sala nascerá uma bela flor.*****

Pin toma fôlego para o último golpe. Aproximou-se dos dois e agora está quase gritando em seus ouvidos:

(*) *Perdonami figliolo se parlai mal di te/ Perdonami figliolo se parlai mal di te.*

(**) *La spada tirò fuori la testa le tagliò/ La spada tirò fuori la testa le tagliò.*

(***) *La testa fece un salto in sala se n'andò/ La testa fece un salto in sala se n'andò.*

(****) *In mezzo a quella sala ci nascerà un bel fior/ In mezzo a quella sala ci nascerà un bel fior.*

A flor de uma mãe assassinada por seu filho
*A flor de uma mãe assassinada por seu filho.**

Pin se joga ao chão: está exausto. Todos explodem num aplauso, Babeuf bate as asas. Naquele instante um grito se levanta em meio aos homens que dormem lá em cima.

— Fogo! Fogo!

A chama virou uma fogueira e estala, espalhando-se pelo feno que recobre a grade de galhos.

— Salve-se quem puder! — Há uma balbúrdia de homens que passam a mão em armas, sapatos, cobertores, que tropeçam nos outros deitados.

O Esperto saltou de pé e recuperou o domínio de si próprio:

— Evacuar rápido! Primeiro as armas automáticas, as munições, depois os mosquetes. Por último os sacos e os cobertores. Os mantimentos, antes disso os mantimentos!

Os homens, alguns dos quais já estavam descalços e deitados, são logo tomados pelo pânico e passam a mão nas coisas ao acaso, espremendo-se contra a porta. Pin se embrenha por entre as pernas e abre uma passagem para fora, e corre em busca de um lugar de onde admirar o incêndio: é um espetáculo magnífico!

O Esperto sacou a pistola:

— Ninguém saia daqui sem antes ter posto tudo a salvo. Levem as coisas para fora e voltem; o primeiro que eu vir se afastando leva um tiro!

As chamas já tocam as paredes, mas os homens já superaram o pânico e se metem em meio à fumaça para salvar armas e provisões. O Esperto também entra, dá ordens tossindo em meio à fumaça, sai outra vez para chamar mais pessoas e impedir que fujam. Encontra Canhoto já numa moita

(*) *Il fiore d'una mamma uccisa da un figliol/ Il fiore d'una mamma uccisa da un figliol.*

com o falcão no ombro e todas as suas coisas, e o manda de volta para a casa com um pontapé, para recuperar o panelão.

— Ai de quem eu não vir voltando lá dentro para buscar alguma coisa! — diz.

A Giglia passa perto dele, calma, e vai em direção ao incêndio com aquele estranho sorriso só dela. Ele sussurra:

— Vá embora!

É uma alma mesquinha, o Esperto, mas tem o pulso do comandante: agora sabe que a culpa do incêndio é sua, daquela irresponsabilidade à qual já tem vício de se entregar, sabe que decerto vai passar por uma bela de uma encrenca com os comandos superiores, mas agora voltou a ser o comandante, mexe as narinas e dirige a evacuação da casinhola no meio do incêndio, dominando o pernas-para-que-te-quero dos homens surpreendidos no sono e que para se salvar estariam dispostos a perder todo o material.

— Entrem no andar de cima! — grita. — Ainda há uma metralhadora com duas mochilas de munições!

— Não dá — respondem. — A grade está tomada pelas chamas!

De repente gritam:

— A grade vai ruir! Todos para fora!

Já se ouvem os primeiros estalidos: alguma granada que ficou na palha. O Esperto ordena:

— Todos para fora! Fiquem longe da casa! Levem as coisas para longe, principalmente as que podem explodir!

Do seu posto de observação, numa saliência do terreno, Pin vê o incêndio se fragmentando em estouros repentinos como fogos de artifício e ouve tiros, verdadeiras rajadas de carregadores caindo nas chamas e explodindo cartucho após cartucho: de longe deve-se ouvir como uma batalha. No céu há um vôo alto de fagulhas, as copas dos castanheiros parecem douradas. Um galho, de dourado, fica até incandescente: é o incêndio se alastrando para as árvores, agora talvez o bosque todo pegue fogo.

O Esperto está fazendo o inventário das coisas que faltam: um fuzil *breda*, seis carregadores, dois mosquetes, depois granadas, cartuchos e cem quilos de arroz. Sua carreira acabou ali: não vai mais comandar, talvez seja fuzilado. Ainda assim, continua a mexer as narinas e a distribuir a carga entre os homens, como se se tratasse de uma operação normal de deslocamento.

— Para onde vamos?

— Depois eu digo. Para fora do bosque. Adiante.

O destacamento, armas e tralhas, dirige-se em fila indiana para os prados. Canhoto carrega o panelão nas costas, e Babeuf empoleirado por cima de tudo. Pin tem sob sua custódia os utensílios de cozinha. Uma voz apreensiva serpenteia entre os homens:

— Os alemães ouviram os tiros e viram o incêndio: logo estarão na nossa cola.

O Esperto se volta com sua cara amarela impassível:

— Silêncio. Ninguém diga uma só palavra. Andem.

Parece estar dirigindo uma retirada após um combate malogrado.

8

O novo acampamento é um feneiro onde terão de ficar espremidos, e o telhado está arrebentado e deixa a chuva passar para dentro. De manhã nos espalhamos para tomar sol por entre os rododendros do penhasco, e nos deitamos sobre os arbustos cobertos de geada e tiramos a malha para catar piolhos.

Pin gosta quando Canhoto o manda fazer coisas pelos arredores, ir até a fonte encher os baldes para o panelão, ou buscar lenha com uma machadinha no bosque queimado, ou ir até o riacho catar pés de agrião com os quais o cozinheiro prepara as suas saladas. Pin canta e olha o céu e o mundo límpidos da manhã e as borboletas da montanha, de cores desconhecidas, pairando sobre a relva. Canhoto sempre perde a paciência, porque Pin o deixa à sua espera enquanto o fogo se apaga ou o arroz fica empapado, e o cobre de impropérios em todas as línguas toda vez que chega com a boca cheia de sumo de morango e os olhos cheios dos volteios das borboletas. Então Pin torna a ser o moleque sardento do Beco Comprido, e dá cada escândalo que dura horas e que junta em volta da cozinha os homens disseminados pelos rododendros.

Ao contrário, se de manhã vai pelas trilhas, Pin esquece as velhas ruas onde estagna a urina das mulas, o cheiro de macho e fêmea da cama desfeita da sua irmã, o gosto azedo dos gatilhos apertados e da fumaça que sai pelo obturador aberto, o silvo vermelho em brasa das chicotadas no interrogatório. Aqui Pin fez descobertas coloridas e novas: cogumelos amarelos e marrons que afloram úmidos da terra, aranhas vermelhas sobre teias enormes e invisíveis, filhotes de lebre todos pernas e orelhas que de repente aparecem pelo caminho e imediatamente desaparecem em ziguezague.

Mas basta um chamado repentino e fugidio e Pin torna a ser contagiado pela dissimulada e ambígua matança do gênero humano: e eis que então, de olhos arregalados e sardas adensadas, espia os acasalamentos dos grilos, ou enfia agulhas de pinheiro nas verrugas do dorso dos sapinhos, ou mija em cima dos formigueiros observando a terra porosa que frita e se desmancha, e o novo atoleiro de onde saem milhares de formigas vermelhas e pretas.

Então Pin se sente ainda atraído pelo mundo dos homens, dos homens incompreensíveis com o olhar embaciado e a boca úmida de ira. Então volta para perto de Canhoto, que ri cada vez mais azedo, e nunca vai para a ação e sempre fica ao lado dos seus panelões, com o falcão de asas cortadas e cada vez mais irritado a bater asas sobre seu ombro.

Mas a coisa mais admirável em Canhoto são as tatuagens, tatuagens por todas as partes do corpo: de borboletas, de veleiros, de corações, de foices e martelos, de nossas senhoras. Certo dia, Pin o viu enquanto estava cagando e descobriu uma tatuagem numa das nádegas: um homem de pé e uma mulher ajoelhada se abraçando.

Primo é diferente: parece estar sempre se queixando e que só ele sabe que cansaço que é a guerra. No entanto, está sempre andando por aí sozinho com sua metralhadora, e chega no acampamento para tornar a partir poucas horas depois, sempre contra a vontade, como se fosse obrigado.

Quando tem de mandar alguém a algum lugar, o Esperto olha ao redor e diz:

— Quem quer ir?

Então Primo meneia a cabeça enorme como se fosse vítima de um destino injusto, carrega a metralhadora no ombro e se vai, suspirando com sua doce cara de mascarão de chafariz.

O Esperto fica deitado no meio dos rododendros com os braços dobrados sob a cabeça e a metralhadora entre os joelhos: claro que no comando da brigada estão tomando providências contra ele. Os homens têm os olhos insones e as barbas hirtas; o Esperto fica sentido ao olhar para eles, porque em seus olhares lê um surdo rancor contra ele. No entanto, ainda lhe obedecem, como por um acordo recíproco, para não se deixarem ir à deriva. Mas o Esperto é todo ouvidos e de vez em quando se levanta e dá uma ordem: não quer deixar que os homens se desacostumem da idéia de tê-lo como chefe, nem sequer por um instante, porque seria como perdê-los.

A Pin não importa que a casinhola tenha se queimado: o incêndio foi maravilhoso e o novo acampamento é cercado por lugares lindíssimos a descobrir. Pin tem um certo medo de se aproximar do Esperto: talvez o Esperto queira despejar sobre ele toda a culpa pelo incêndio, porque o distraiu com sua canção.

Mas o Esperto o chama:

— Pin, venha cá!

Pin se aproxima do homem deitado, não tem ânimo de dizer uma das suas: sabe que os outros odeiam e temem o Esperto, e estar perto dele naquele momento o deixa orgulhoso, sente-se um pouco seu cúmplice.

— Sabe limpar uma pistola? — pergunta o Esperto.

— Bem — diz Pin —, você desmonta e eu limpo.

Pin é uma criança que mete um pouco de medo em todo mundo, com suas tiradas, mas Esperto sente que naquele dia Pin não vai puxar assunto sobre o incêndio, ou sobre a Giglia, ou sobre outras coisas. Por isso é a única pessoa em cuja companhia se pode ficar.

Abre um lenço no chão e vai colocando ali as peças da pistola à medida que a desmonta. Pin pergunta se também ele pode desmontá-la, e o Esperto o ensina. É uma coisa maravilhosa ficar conversando assim, em voz baixa, com o Esperto, sem que um provoque o outro. Pin pode comparar a pistola do Esperto com a sua, a que está enterrada, e diz as peças que são diferentes e mais bonitas numa e na outra. E o Esperto não diz como de costume que não acredita que Pin tenha uma pistola enterrada: talvez não fosse verdade que não acreditavam, diziam aquilo só para zombar dele. No fundo o Esperto até é um homem bom, falando com ele assim, e quando explica o funcionamento das pistolas se empolga e só tem bons pensamentos. E mesmo as pistolas, falando delas assim e estudando seu mecanismo, já não são instrumentos para matar, mas brinquedos esquisitos e encantados.

Os outros homens, ao contrário, são intratáveis e distantes, não reparam em Pin, que anda à volta deles, e não têm vontade de cantar. É ruim quando o desânimo se infiltra na medula dos ossos como o úmido da terra, e não se tem mais confiança nos comandantes e já nos vemos cercados pelos alemães com os lança-chamas pelos declives de rododendros, e parece que o próprio destino é fugir de vale em vale para morrer um por um, e que a guerra nunca vai terminar. A certa altura começam as conversas sobre a guerra, sobre quando começou e quem a quis, e sobre quando vai terminar e se se estará melhor ou pior que antes.

Pin não sabe direito a diferença entre quando há guerra e quando não há. Desde que nasceu tem a impressão de que sempre ouviu falar da guerra, só os bombardeios e o toque de recolher vieram depois.

De vez em quando sobre as montanhas passam os aviões e podemos ficar olhando sua barriga sem fugir para os abrigos subterrâneos, como na cidade. Depois se ouve o som lúgubre das bombas sendo lançadas, ao longe, em direção ao mar, e os homens pensam em suas casas talvez já em ruínas e dizem que a guerra nunca vai acabar e que não dá para entender quem a quis.

— Eu sei quem a quis! Eu os vi! — dispara a dizer Carabiniere. — Os estudantes, foram os estudantes!

Carabiniere é mais ignorante que Duque e mais preguiçoso que Zena, o Comprido; quando seu pai camponês viu que não havia jeito de fazê-lo pegar na enxada, disse: "Aliste-se nos *carabinieri*!",* e ele se alistou e teve sua farda preta com a bandoleira branca e serviu nas cidades e nos campos sem nunca entender o que o mandavam fazer. Depois do Oito de Setembro** mandavam-no prender os pais e as mães dos desertores, até que um dia soube que tinham de levá-lo para a Alemanha, porque diziam que era partidário do rei, e ele fugiu. Os *partigiani* de início queriam sua cabeça, por causa daqueles pais presos, depois compreenderam que era um pobre-diabo e o colocaram no destacamento do Esperto, porque nos outros destacamentos ninguém o queria.

— Em 1940 eu estava em Nápoles e eu sei! — diz Carabiniere. — Os estudantes, foram eles! Tinham as bandeiras e os cartazes e cantavam "Malta e Gibraltar"*** e diziam que queriam cinco refeições por dia.

(*) Corpo de polícia militar italiano. (N. T.)

(**) É uma data emblemática para a Itália, 8 de setembro de 1943: o país anuncia o armistício com os Aliados, e o fim da aliança militar com a Alemanha; é a data da dissolução do exército italiano, milhares de militares são presos, devido à falta de claras disposições por parte dos comandos. Marca ainda os primeiros episódios da Resistência contra os alemães (Roma, Cefalônia, Corfu, Córsega, Léros), mas também assinala a apressada fuga do rei e dos membros do governo Badoglio para a cidade de Brindisi (sem um plano de emergência ou qualquer disposição aos militares), que, no entanto, serviu para garantir a continuidade do Estado italiano nas regiões libertadas do Sul. (N. T.)

(***) Hino militar da x Flottiglia MAS, um dos mais famosos destacamentos de combate durante a República Social Italiana. (N. T.)

— Você fique quieto, que era um policial — dizem —, estava do lado deles e ia entregar os cartões vermelhos!*

Duque cospe com força, tocando a pistola austríaca.

— Policiais canalhas bastardos porcos! — diz entre os dentes. Há uma longa batalha com os policiais, na história do seu lugarejo, uma longa história de policiais mortos com tiros de espingarda aos pés das estações da via-crúcis.

Carabiniere está aflito para reclamar, agitando as grandes mãos de camponês diante dos seus olhos anões, esmagados pela testa baixa.

— Nós, policiais militares! Nós, policiais militares, fomos contra eles! Sim, senhor, nós éramos contra a guerra que os estudantes queriam. Servíamos para manter a ordem! Mas éramos um contra vinte, e assim fizeram a guerra!

Canhoto está por perto e se atormenta: está mexendo o arroz no panelão; se parar de mexer um minuto o arroz vai grudar. Enquanto isso ele ouve, intermitentes, algumas frases das conversas dos homens: ele gostaria de estar sempre no meio deles quando falam de política, porque não sabem de nada e ele precisa explicar tudo. Mas agora ele não pode deixar o panelão, e torce as mãos e pula miúdo.

— O capitalismo! — grita de quando em quando. — A burguesia exploradora! — Como para soprar aos homens que não ligam para o que ele diz.

— Em 1940 em Nápoles, sim, senhor — explica Carabiniere —, houve uma grande batalha entre estudantes e a polícia! E se nós, policiais, tivéssemos dado uma boa surra neles, não teria havido guerra! Mas os estudantes queriam queimar as prefeituras! Mussolini viu-se obrigado a fazer a guerra!

— Coitadinho do Mussolini! — zombavam os outros.

— Que você e Mussolini tenham um troço! — grita Duque.

Da cozinha chegam os gritos de Canhoto, que berra:

(*) Convocação para servir o Exército. (N. T.)

— Mussolini! A burguesia imperialista!

— As prefeituras, queriam queimar as prefeituras! E nós, da polícia, o que deveríamos ter feito? Mas se conseguíssemos pô-los de volta em seu lugar, Mussolini não faria a guerra!

Canhoto, aflito entre o dever que o mantém junto ao panelão e a vontade de ir falar de revolução, berra até atrair a atenção de Zena, o Comprido, e faz sinal para ele se aproximar. Zena, o Comprido, de alcunha Boné-de-Madeira, acha que é coisa de provar o arroz e resolve finalmente fazer o esforço de se levantar. Canhoto diz:

— A burguesia imperialista, diga-lhe que é a burguesia quem faz a guerra para repartir os mercados!

— Merda! — diz Zena, e volta-lhe as costas. As conversas de Canhoto sempre o aborrecem: não entende o que ele diz, não sabe nada de burguesia e de comunismo, um mundo onde todos têm de trabalhar não o atrai, prefere um mundo onde cada qual que se vire por conta própria, trabalhando o menos possível.

— A livre-iniciativa — boceja Zena, o Comprido, de alcunha Boné-de-Madeira, deitado de barriga para cima nos rododendros, coçando-se por entre os rasgos das calças. — Eu sou pela livre-iniciativa. Que cada um tenha a liberdade de enriquecer com o próprio trabalho.

Carabiniere continua a expor sua concepção de história: há duas forças em luta, os policiais, gente pobre que quer manter a ordem, e os estudantes, a raça dos graúdos, dos cavalheiros, dos advogados, dos doutores, dos comendadores, a raça dos que têm salários que um pobre policial nem imagina, e ainda não lhes basta e mandam que eles façam a guerra para aumentá-los.

— Você não entende nada — dispara o Canhoto, que não agüentou mais e deixou Pin cuidando do panelão. — É a superprodução a causa do imperialismo!

— Vá ser cozinheiro e cozinhar! — gritam para ele. — Tome cuidado para o arroz não grudar também desta vez!

Mas Canhoto está de pé no meio de todos eles, pequeno e socado naquela sua jaqueta de marinheiro suja de cocô de falcão nos ombros, e agita os punhos num discurso que nunca acaba: e o imperialismo dos financistas e os mercadores de canhões e a revolução que vai acontecer em todos os países assim que a guerra terminar, até na Inglaterra e nos Estados Unidos, e a abolição das fronteiras na Internacional com a bandeira vermelha.

Os homens estão jogados entre os rododendros, com os rostos magros comidos pela barba, os cabelos caídos nas faces; vestem roupas desconjuntadas, cujas cores tendem a um cinzento-gorduroso: casacas de bombeiros, de milícia, de alemães com os graus arrancados. É gente que chegou ali por caminhos diferentes, muitos são desertores das forças fascistas ou feitos prisioneiros e absolvidos, muitos ainda garotos, impelidos por um ímpeto teimoso, com apenas uma indistinta vontade de ser contra alguma coisa.

Canhoto é antipático a todos eles, porque desafoga sua raiva com palavras e raciocínios, e não com tiros: com raciocínios que de nada adiantam, porque fala de inimigos que não conhecemos, capitalistas, financistas. É meio como Mussolini, que pretendia fazer com que odiassem ingleses e abissínios, gente nunca vista, que vive além do mar. E os homens começam a mexer com o cozinheiro, brincam de cavalinho sobre seus pequenos ombros curvados, dão-lhe umas palmadas no cabeção careca, enquanto o falcão Babeuf se irrita e roda os olhos amarelos.

Intervém o Esperto, ficando meio afastado e balançando a metralhadora contra os joelhos:

— Vá preparar a comida, Canhoto.

Nem o Esperto gosta de discutir: ou seja, ele só gosta de falar de armas e de ações, daquelas novas metralhadoras reduzidas que os fascistas começam a usar e que seria bom arranjar, e sobretudo gosta de dar ordens, colocar os homens em postos seguros e pular para a frente disparando pequenas rajadas.

— O arroz está queimando, vá, que o arroz está queimando, não está sentindo o cheiro? — gritam os homens para Canhoto, mandando-o embora aos empurrões.

Canhoto convoca o comissário para a discussão:

— Giacinto, comissário, não vai dizer nada? O que você faz aqui?

Giacinto voltou agorinha do comando, mas ainda não soube dizer se há novidades, deu de ombros e disse que antes de a noite cair o comissário de brigada vai passar para uma inspeção. Os homens, ao saber disso, tornaram a deitar-se entre os rododendros: agora virá o comissário de brigada para dar um jeito em tudo, não adianta ficar pensando. O Esperto também pensa que não adianta ficar matutando, e que o comissário de brigada lhe dirá qual será seu destino, e também tornou a deitar-se entre os rododendros; com mais apreensão, no entanto, e quebra com os dedos os raminhos dos arbustos.

Agora Canhoto se queixa com Giacinto de que no destacamento ninguém nunca fala aos homens do motivo de serem *partigiani* e do que é o comunismo. Giacinto tem os piolhos aninhados em grumos na raiz dos cabelos e nos pêlos do baixo-ventre. Em cada pêlo estão grudados uns pequenos ovos brancos e Giacinto, com um gesto que já se tornou mecânico, continua a esmagar ovos e bichos entre as unhas dos polegares, com um pequeno clique.

— Rapazes — começa a falar resignado, como se não quisesse desagradar ninguém, nem mesmo Canhoto —, cada um sabe por que é *partigiano*. Eu era funileiro e rodava pelos campos, meu grito era ouvido desde longe e as mulheres iam buscar as caçarolas furadas para eu consertar. Eu ia nas casas e brincava com as criadas e elas às vezes me davam ovos e copos de vinho. Punha-me a trabalhar nos recipientes com o flandres, na relva, e em volta sempre havia crianças que ficavam me observando. Agora não posso mais andar pelos campos porque eu seria preso e há bombardeios que arrebentam com tudo. Por isso somos *partigiani*: para voltarmos a ser funileiros, para que haja vinho e ovos a bom preço, e para que não nos prendam mais e não haja mais o alarme. E depois também queremos o comunismo. O comunismo é que não haja mais casas onde batam a porta na sua cara, para que não sejamos obrigados a entrar nos galinheiros, à noite. O comunismo é que se você entrar numa casa e estiverem tomando sopa, eles lhe dão um pouco de sopa, mesmo se você for funileiro, e se estiverem comendo panetone, no Natal, também lhe dão panetone. É isso que é o comunismo. Por exemplo: aqui estamos todos tão cheios de piolhos que nos deslocamos enquanto dormimos, porque eles nos arrastam. E eu fui ao comando de brigada e vi que eles têm inseticida em pó. Então eu disse: belos comunistas que vocês são, desse para o destacamento vocês não mandam, não é? E eles disseram que vão mandar inseticida em pó para nós. É isso que é o comunismo.

Os homens ficaram ouvindo atentos e aprovam: essas são palavras que todos entendem bem. E o que estava fumando passa a bituca ao companheiro e o que tem de montar guarda promete que não vai trapacear nos turnos e que vai ficar uma hora inteira como é o certo, sem chamar pela troca. E agora discutem sobre o pó inseticida que lhes caberá, se vai matar também os ovos ou só os piolhos ou se só vai deixá-los tontos, de modo que uma hora depois vão morder mais do que antes.

Ninguém voltaria a debater sobre a guerra não fosse o Primo começar a falar:

— Digam o que quiserem, mas na minha opinião quem quis a guerra foram as mulheres.

O Primo é mais maçante que o cozinheiro, quando capricha, com sua história das mulheres, mas pelo menos não quer convencer ninguém e parece se queixar consigo mesmo.

— Eu estive em guerras na Albânia, na Grécia, na França, na África — diz —, fiquei oitenta e três meses como militar no corpo dos alpinos. E em todos os países vi as mulheres todas ali, à espera dos soldados nos dias de licença, e quanto mais fedorentos e piolhentos estávamos, mais felizes elas ficavam. Certa vez me deixei levar e o benefício que tive foi que me empestei e passei uns três meses que para mijar eu tinha de me agarrar às paredes. Agora, quando alguém está assim, em terras distantes, e à sua volta só vê mulheres como essas, o único consolo é pensar na própria casa, na própria mulher, se tiver, ou na namorada, e dizer: ao menos ela se salva. Mas depois volta, e, sim, senhores, descobre que sua mulher, enquanto ele estava fora, ficava com as tropas auxiliares, e dormia com um e outro.

Os companheiros sabem que essa é a história do Primo, que sua mulher o traía com todo mundo quando ele estava fora e que daí nasceram filhos que ninguém sabe de quem são.

— Mas não pára por aí — continua o Primo. — Sabem por que os fascistas continuam pegando os nossos? Porque está cheio de mulheres que são espiãs, mulheres que denunciam os maridos, todas as nossas mulheres, agora que estou falando com vocês, estão sentadas no colo dos fascistas, lustrando suas armas para que venham nos matar.

Agora os homens começam a ficar cheios e a reclamar com ele: está certo que ele foi infeliz, que sua mulher o denunciou aos alemães para se ver livre dele e o obrigou a foragir-se, mas isso não é um bom motivo para insultar as mulheres dos outros.

— Sabem — diz Primo —, num lugar, é só uma mulher chegar que... deu para entender?

Agora os homens não o contradizem mais, porque entenderam a alusão e querem ouvir até onde vai chegar.

— ...num lugar, chega uma mulher e logo aparece um tonto que perde a cabeça por ela... — diz Primo. O Primo é um sujeito que prefere ser amigo de todos, mas não tem papas na língua e quando tem alguma coisa para dizer diz também aos comandantes.

— ...paciência quando o tonto é um sujeito qualquer, mas se for um tonto que tem responsabilidades...

Os homens olham para o Esperto: está afastado, mas certamente escuta. Os homens têm um pouco de medo de que o Primo exagere e aconteça um deus-nos-acuda.

— ... acaba que por uma mulher bota fogo numa casa...

Pronto, ele disse, pensam os homens, agora vai acontecer alguma coisa. Melhor assim, dizem, mais dia menos dia ia dar nisso mesmo.

Mas então se ouve um estrondo, e o céu inteirinho é invadido por aviões. A atenção geral se desloca. É uma grande formação de bombardeamento, talvez alguma cidade ficará arrasada e fumegante, sob seu vôo, ao passo que ela desaparecerá detrás das nuvens. Pin sente a terra tremer sob o estrondo e a ameaça de toneladas de bombas penduradas, passando sobre sua cabeça. A Cidade Velha naquele instante está se esvaziando e os pobres-diabos se amassam na lamaceira dos abrigos. Ouvem-se uns baques cavernosos, ao sul.

Pin vê que o Esperto se colocou sobre uma elevação e olha para a garganta do vale com o binóculo. Vai ter com ele. O Esperto sorri com sua boca ruim e triste, girando os parafusos das lentes.

— Posso olhar também, depois, Esperto? — diz Pin.

— Tome — diz o Esperto, e lhe passa o binóculo.

Na confusão de cores das lentes, aos poucos aparece a crista das últimas montanhas antes do mar e uma enorme fumaça esbranquiçada se erguendo. Mais baques lá ao longe: o bombardeamento continua.

— Dá-lhe, jogue tudo para baixo — diz o Esperto batendo o punho contra a palma. Minha casa primeiro! Derruba tudo! Minha casa primeiro!

9

À noitinha chegam o comandante Ferriera e o comissário Kim. Lá fora, vôos de neblina sobem como portas batidas uma após outra e os homens se amontoam na casa, ao redor do fogo e dos dois da brigada. Os dois passam o maço de cigarros entre os homens até ficar vazio. São de poucas palavras: Ferriera é atarracado, com a barbicha loira e o chapéu de alpino; tem dois grandes olhos claros e frios que sempre levanta pela metade, olhando de soslaio; Kim é um varapau, com uma cara comprida e avermelhada, e mordisca os bigodes.

Ferriera é um operário nascido nas montanhas, sempre frio e límpido: ouve a todos com um ligeiro sorriso de assentimento e, entretanto, já resolveu por conta própria: como a brigada vai se enfileirar, como deve ser disposta a artilharia pesada, quando deverão entrar em ação os morteiros. A guerra *partigiana* é uma coisa exata, perfeita como uma máquina para ele, é a aspiração revolucionária que amadureceu nele enquanto estava nas oficinas, levada até o cenário das suas montanhas, que conhece pedacinho por pedacinho, onde pode jogar com ousadia e astúcia.

Kim, por sua vez, é estudante: tem um desejo enorme de lógica, de segurança sobre causas e efeitos, no entanto sua mente se povoa a todo instante de interrogações não resolvidas. Há um enorme interesse pelo gênero humano, nele: por isso estuda medicina, porque sabe que a explicação de tudo está naquela mó de células em movimento, não nas categorias da filosofia. Médico de cérebros, é o que vai ser: um psiquiatra: não tem a simpatia dos homens, porque olha para eles sempre fixo nos olhos como se quisesse descobrir o nascimento dos seus pensamentos e de repente se sai com perguntas à queima-roupa, perguntas que não têm nada a ver, sobre eles, sobre sua infância. Depois, atrás dos homens, a grande máquina das classes que avançam, a máquina impelida pelos pequenos gestos diários, a máquina onde outros gestos queimam sem deixar vestígios: a história. Tudo deve ser lógico, tudo deve ser compreensível, na história e na cabeça dos homens: mas entre uma e a outra resta um salto, uma região escura onde as causas coletivas se tornam causas individuais, com monstruosos desvios e vínculos impensados. E o comissário Kim anda todo dia pelos destacamentos com a *sten* fininha pendurada no ombro, discute com os comissários, com os comandantes, estuda os homens, analisa as posições de um e de outro, decompõe todo problema em elementos distintos, "a, bê, cê", diz; tudo claro, tudo deve ser claro tanto nos outros como nele.

Agora os homens estão apinhados ao redor de Ferriera e de Kim, e perguntam as novidades da guerra: daquela distante das frentes militares, e daquela próxima e ameaçadora, a deles. Ferriera explica que não se pode esperar nada dos exércitos aliados, diz que os *partigiani*, mesmo sozinhos, vão conseguir enfrentar o inimigo e resistir a ele. Depois comunica a grande novidade do dia: uma coluna alemã está subindo o vale, para um rastreamento de todas as montanhas: conhecem a localização dos seus acampamentos e vão incendiar casas e aldeias. Mas toda a brigada ao amanhecer vai se postar nos picos das montanhas, e virão reforços também das outras brigadas: os alemães irão se ver de repente sob uma chuva de ferro e fogo, espalhados pela estrada, e terão de bater em retirada.

Então entre os homens há um grande movimento de costas, de mãos que se apertam, de palavras exclamadas com os dentes cerrados: é a batalha que já começou neles, os homens já têm suas caras de batalha, tensas e duras, e procuram as armas para sentir o tato de ferro debaixo das mãos.

— Viram o incêndio e estão vindo: sabíamos — dizem alguns deles. O Esperto está de pé meio afastado, os clarões iluminam suas pálpebras abaixadas.

— O incêndio, claro, o incêndio também. Mas tem algo mais — diz Kim, e dá uma tragada, vagarosamente. Os homens ficam quietos: o Esperto também levanta os olhos.

— Um dos nossos nos traiu — diz Kim. Então o ar se torna carregado como devido a um vento que sopra nos ossos, o ar da traição, frio e úmido como um vento de pântano que se sente toda vez que nos acampamentos chega uma notícia como essa.

— Quem foi?

— Pele. Apresentou-se à brigada negra. Assim, por conta própria, sem ter sido apanhado. Já fez fuzilar quatro dos nossos que estavam nas prisões. Assiste aos interrogatórios de cada um que é apanhado e denuncia todos.

Essa é uma daquelas notícias que colocam um desespero cego no sangue, e impedem de pensar. Pele, faz poucas noites, ainda estava lá com eles, dizendo: vamos dar um golpe como eu digo, escutem! Parece quase estranho não ouvir sua respiração entupida pelo resfriado, atrás deles, enquanto lubrifica a metralhadora para a ação do dia seguinte. Mas agora Pele está lá na cidade proibida, com uma grande caveira no boné preto, com armas novas e belíssimas, sem mais medo dos rastreamentos, e sempre com aquela sua fúria que lhe faz bater os olhinhos avermelhados pelo resfriado, umedecer os lábios manchados de tão secos, fúria contra eles, seus companheiros de ontem, fúria sem ódio ou rancor, assim como num jogo entre companheiros, jogo cuja aposta é a morte.

Pin pensa em sua pistola, de repente: Pele, que conhece

todos os caminhos ao redor do fosso por ter levado até lá as garotas, talvez a tenha encontrado e agora a carregue na farda da brigada negra, toda brilhante e lubrificada como ele mantém suas armas. Ou então era tudo conversa, que ele conhecia o lugar dos ninhos, uma conversa inventada para ir à cidade trair os companheiros e obter novas armas alemãs que disparam rajadas quase sem barulho.

— Agora é preciso matá-lo — dizem os companheiros; dizem como aceitando uma espécie de fatalidade, e talvez, em segredo, prefiram que ele volte lá amanhã, carregado de armas novas, e que continue fazendo a guerra em turno com eles e contra eles, naquele seu lúgubre jogo.

— Lobo Vermelho desceu à cidade para organizar os *gap* contra ele — diz Ferriera.

— Eu também iria — dizem muitos. Mas Ferriera diz que têm de pensar antes em se preparar para a batalha do dia seguinte, que será decisiva, e os homens se espalham para preparar as armas e dividir as tarefas da esquadra.

Ferriera e Kim chamam o Esperto de lado.

— Recebemos o relatório sobre o incêndio — dizem.

— Foi assim — diz o Esperto. Não tem vontade de se justificar. Que as coisas tomem o rumo que tiverem de tomar.

— Há homens responsáveis pelo incêndio? — pergunta Kim.

O Esperto diz:

— Tudo culpa minha.

Os dois olham para ele, sérios. O Esperto pensa que seria bom abandonar as formações e se esconder num lugar que conhece, à espera do fim da guerra.

— Tem alguma justificação para dar? — perguntam, ainda, com uma paciência de deixar nervoso.

— Não, foi assim.

Agora dirão: "Pode ir", ou então: "Vamos fuzilar você", dirão. Mas Ferriera diz:

— Bom, sobre isso vai haver tempo de conversarmos outro dia. Agora temos a batalha. Você está bem, Esperto?

O Esperto está de olhos amarelos voltados para o chão.

— Eu estou doente — diz.

— É questão — diz Kim — de tentar sarar direito, amanhã. É algo muito importante para você, a batalha de amanhã. Muito, muito importante. Pense nisso.

Não tiram os olhos dele, e o Esperto sente cada vez mais o desejo de se deixar ir à deriva.

— Estou doente. Estou muito doente — repete.

— Então — diz Ferriera —, amanhã vocês têm de ocupar o pico do Pellegrino da pilastra até a segunda garganta, compreende? Depois teremos de nos deslocar, vão chegar ordens. Manter esquadrões e núcleos bem separados: as metralhadoras com os artilheiros e os fuzileiros que possam se deslocar quando for preciso. Todos os homens devem ir para a ação, ninguém de fora, nem o furriel, nem o cozinheiro.

O Esperto acompanhou a explicação com pequenos sinais de assentimento, entrecortados de meneios da cabeça.

— Ninguém de fora — repete —, nem o cozinheiro? — E fica bem atento.

— Todos ao alvorecer no pico, entendeu? — Kim olha para ele mordendo os bigodes: — Trate de entender bem, Esperto.

Parece haver um pouco de afeto em sua voz, mas talvez seja somente um tom persuasivo, dada a gravidade da batalha.

— Eu estou muito doente — diz o Esperto —, muito doente.

Agora o comissário Kim e o comandante Ferriera andam sozinhos pela montanha escura, dirigindo-se a outro acampamento.

— Convenceu-se de que é um erro, Kim? — diz Ferriera.

Kim meneia a cabeça.

— Não é um erro — diz.

— Claro que é — diz o comandante. — Foi uma idéia errada a sua, formar todo um destacamento de homens pouco confiáveis, com um comandante menos confiável ainda. Veja como eles retribuem. Se os tivéssemos espalhado um pouco aqui um pouco acolá, no meio dos bons, seria mais fácil que não saíssem da linha.

Kim continua mordendo os bigodes.

— Este é o destacamento que me deixa mais satisfeito — diz.

Pouco falta para que Ferriera perca a calma: levanta os olhos frios e coça a testa:

— Mas, Kim, quando vai entender que essa é uma brigada de ataque, não um laboratório de experimentos? Até entendo que você tenha suas satisfações científicas ao controlar as reações desses homens, todos na ordem que você quis lhes dar, proletariado de um lado, camponeses do outro, depois subproletários, como você os chama... O trabalho político que você deveria fazer, me parece, seria misturá-los todos e dar consciência de classe para quem não tem e conseguir essa bendita unidade... Isso sem contar o rendimento militar...

Kim tem dificuldades para se expressar, meneia a cabeça.

— Conversa — diz —, conversa. Os homens lutam todos, há o mesmo furor neles, ou melhor, não o mesmo, cada um tem seu furor, mas agora lutam todos juntos, todos igualmente, unidos. Depois tem o Esperto, o Pele... Você não entende quanto custa a eles... Pois bem, eles também, o mesmo furor... Um nada basta para salvá-los ou perdê-los... Este é o trabalho político... Dar-lhes um sentido...

Quando discute com os homens, quando analisa a situação, Kim é terrivelmente claro, dialético. Mas ao falar com ele assim, olho no olho, para que ele exponha suas idéias, é de deixar tonto. Ferriera vê as coisas mais simples:

— Bom, vamos lhes dar esse sentido, vamos enquadrá-los um pouco como eu digo.

Kim sopra nos bigodes:

— Isso não é um exército, veja, para poder dizer a eles: este é o dever. Não se pode falar de dever aqui, não se pode falar de ideais: pátria, liberdade, comunismo. Nem querem ouvir falar de ideais, ideais qualquer um consegue ter, do outro lado também há ideais. Vê o que acontece quando aquele cozinheiro extremista começa com seus sermões? Ralham com ele, batem nele. Não precisam de ideais, de mitos, de vivas para gritar. Aqui se luta e se morre assim, sem gritar vivas.

— E por quê, então? — Ferriera sabe por que luta, tudo está perfeitamente claro dentro dele.

— Veja — diz Kim —, a esta hora os destacamentos começam a subir para seus postos, em silêncio. Amanhã vai haver mortos, feridos. Eles sabem. O que os impele para essa vida, o que os impele a lutar, diga? Veja, há os camponeses, são moradores dessas montanhas, para eles é mais fácil. Os alemães queimam as aldeias, levam as vacas embora. É a primeira guerra humana, a deles, a defesa da pátria, os camponeses têm uma pátria. Assim você os vê conosco, velhos e jovens, com suas espingardas arrebentadas e seus casacões de fustão, lugarejos inteiros pegando em armas; nós defendemos sua pátria, eles estão conosco. E a pátria se torna realmente um ideal para eles, os transcende, torna-se a mesma coisa que a luta: eles sacrificam também as casas, também as vacas, contanto que possam continuar lutando. Para outros camponeses, no entanto, a pátria continua sendo uma coisa egoísta: casa, vacas, colheita. E para conservar tudo se tornam espiões, fascistas; lugarejos inteiros nossos inimigos... Depois, os operários. Os operários têm sua história de salários, greves, trabalho e luta, um ao lado do outro. São uma classe, os operários. Sabem que na vida há coisas melhores, e que se deve lutar por essas coisas melhores. Eles também têm uma pátria, uma pátria a ser conquistada ainda, e lutam aqui para conquistá-la. Há fábricas lá embaixo, nas cidades, que serão deles; já vêem os dizeres vermelhos nos galpões e as bandeiras hasteadas nas chaminés.

Mas não há sentimentalismos, neles. Compreendem a realidade e o modo de mudá-la. Depois há alguns intelectuais ou estudantes, mas poucos, aqui e acolá, com algumas idéias na cabeça, vagas e não raro distorcidas. Têm uma pátria feita de palavras, ou no máximo de alguns livros. Mas lutando vão perceber que as palavras já não têm nenhum significado, e descobrirão coisas novas na luta dos homens e assim lutarão sem se fazer perguntas, até irem buscar novas palavras, aí vão reencontrar as antigas, mas mudadas, com significados que nem sequer tinham desconfiado. E quem mais? Uns prisioneiros estrangeiros, fugidos dos campos de concentração e que se juntaram a nós; esses lutam por uma pátria verdadeira, uma pátria distante que querem alcançar e que é pátria justamente por ser distante. Mas você entende que essa é uma luta toda de símbolos, que alguém para matar um alemão tem de pensar não naquele alemão mas em outro, num jogo de transposições de fritar o cérebro, em que cada coisa ou pessoa se torna uma sombra chinesa, um mito?

Ferriera encrespa a barba loira; não vê nada disso, ele.

— Não é assim — diz.

— Não é assim — continua Kim —, também sei disso. Não é assim. Porque há algo mais, comum a todos, um furor. O destacamento do Esperto: ladrõezinhos, policiais, militares, contrabandistas, vagabundos. Gente que se acomoda nas chagas da sociedade e se arranja no meio das desfigurações, e que nada tem para defender, e nada para mudar. Ou então gente com alguma deficiência física, ou com fixações, ou fanáticos. Uma idéia revolucionária neles não pode nascer, atados como estão à roda que os mói. Ou então nascerá desfigurada, filha da raiva, da humilhação, como nos palavrórios do cozinheiro extremista. Por que lutam então? Não têm nenhuma pátria, nem verdadeira, nem inventada. E, no entanto, você sabe que há coragem, há furor, neles também. É a ofensa das suas vidas, a escuridão dos seus caminhos, a sujeira das suas casas, as palavras obscenas que aprenderam desde crianças, o cansaço de ter de ser maus. E basta um nada, um passo em falso, uma fúria da alma e damos por nós do outro lado, como Pele, com as brigadas negras, atirando com o mesmo furor, com o mesmo ódio, contra uns ou contra outros, dá na mesma.

Ferriera resmunga em meio à barba:

— Então, o espírito dos nossos... e o da brigada negra... a mesma coisa?

— A mesma coisa, entenda o que quero dizer, a mesma coisa... — Kim parou e aponta com um dedo, como se estivesse mantendo a marca ao ler: — A mesma coisa, mas precisamente o contrário. Porque aqui estamos no certo, lá no errado. Aqui resolvemos alguma coisa, lá se confirma o grilhão. Aquele peso do mal que onera os homens do Esperto, aquele peso que onera todos nós, a mim, a você, aquele furor antigo que está em todos nós, e que desafogamos em tiros, em inimigos mortos, é o mesmo que faz os fascistas atirarem, que os leva a matar com a mesma esperança de purificação, de resgate. Mas aí há a história. Há que nós, na história, estamos do lado do resgate, eles do outro. Aqui nada se perde, nenhum gesto, nenhum disparo, embora igual ao deles, você me entende?, igual ao deles, se perde, tudo servirá para libertar, se não a gente, para libertar nossos filhos, para construir uma humanidade já sem raiva, serena, na qual seja possível não ser mau. O outro é o lado dos gestos perdidos, dos furores inúteis, perdidos e inúteis mesmo que vencessem, porque não fazem história, não servem para libertar mas para repetir e perpetrar aquele furor e aquele ódio, até que depois de mais vinte ou cem ou mil anos voltaria a ser assim, nós e eles, lutando com o mesmo ódio anônimo nos olhos e ainda assim, talvez até sem saber, nós para nosso resgate, eles para permanecerem escravos daquele ódio. Este é o significado da luta, o significado verdadeiro, total, além dos vários significados oficiais. Um impulso de resgate humano, elementar, anônimo, de todas as nossas humilhações: para o operário da sua exploração, para o camponês da sua ignorância, para o pequeno-burguês das suas inibições, para o pária da sua corrupção. Eu acredito que nosso trabalho político seja esse, utilizar também a nossa miséria humana, utilizá-la contra si própria, para nossa redenção, assim como os fascistas utilizam a miséria para perpetrar a miséria, e o homem contra o homem.

De Ferriera, na escuridão, vêem-se o azul dos olhos e o loiro da barba: meneia a cabeça. Ele não conhece o furor: é preciso como um mecânico e prático como um montanhês, a luta é uma máquina exata para ele, uma máquina da qual se conhecem funcionamento e objetivo.

— Parece impossível — diz —, parece impossível que com tantas besteiras na cabeça você saiba ser comissário como se deve e falar aos homens com tanta clareza.

Kim não se chateia por Ferriera não compreender: aos homens como Ferriera se deve falar com termos exatos, "a, bê, cê" é o que se deve dizer, as coisas são certas ou são "balelas", não há zonas ambíguas ou obscuras para eles. Mas Kim não pensa isso porque se considera superior a Ferriera: seu ponto de chegada é poder raciocinar como Ferriera, não ter outra realidade além da de Ferriera, todo o resto não adianta.

— Bom. Até mais ver. — Chegaram a uma bifurcação. Agora Ferriera vai até o acampamento do Perna, e Kim até o do Relâmpago. Têm de inspecionar todos os destacamentos aquela noite, antes da batalha, e é preciso que se separem.

Todo o resto não adianta. Kim anda sozinho pelos atalhos, pendurada no ombro aquela arma magrinha que mais parece uma muleta quebrada: a *sten*. Todo o resto não adianta. Os troncos na escuridão têm estranhas formas humanas. O homem carrega dentro de si seus medos-crianças a vida toda. "Talvez", pensa Kim, "se eu não fosse comissário de brigada teria medo. Chegar a não ter mais medo, essa é a meta última do homem."

Kim é lógico, quando analisa com os comissários a situação dos destacamentos, mas quando raciocina caminhando sozinho pelas trilhas, as coisas tornam a ser misteriosas e mágicas, a vida dos homens cheia de milagres. Ainda temos a cabeça cheia de milagres e de magias, pensa Kim. De vez em quando lhe parece que está andando num mundo de símbolos, como o pequeno Kim no meio da Índia, no livro de Kipling, tantas vezes lido quando garoto.

"Kim... Kim... Quem é Kim?..."

Por que ele caminha esta noite pela montanha, prepara uma batalha, raciocina sobre vidas e mortes, depois da sua melancólica infância de menino rico, depois da sua insossa adolescência de garoto tímido? Por vezes lhe parece estar à mercê de desequilíbrios enfurecidos, agir tomado pela histeria. Não, seus pensamentos são lógicos, pode analisar tudo com perfeita clareza. Mas não é um homem sereno. Serenos eram seus pais, os grandes pais burgueses que criavam a riqueza. Serenos são os proletários, que sabem o que querem, os camponeses, que agora guardam como sentinelas seus lugarejos, serenos são os soviéticos, que decidiram tudo e agora fazem guerra com ferocidade e método, não porque seja bonito, mas porque é preciso. Os bolcheviques! A União Soviética talvez já seja um país sereno. Talvez não haja mais miséria humana, lá. Será sereno algum dia, ele, Kim? Talvez um dia cheguemos a ser todos serenos, e não entenderemos mais muitas coisas porque entenderemos tudo.

Mas aqui os homens têm olhos turvos e caras intratáveis, ainda, e Kim tem afeição por esses homens, por esse resgate que se move neles. Aquele menino do destacamento do Esperto, como se chama? Pin? Com aquele tormento de raiva em rosto sardento, mesmo quando ri... Dizem que é irmão de uma prostituta. Por que luta? Não sabe que luta para não ser mais irmão de uma prostituta. E aqueles quatro cunhados "sulistas" combatem para não serem mais "sulistas", pobres emigrantes do pobre Sul, vistos como estranhos. E aquele policial combate para não se sentir mais policial, um tira no encalço dos seus semelhantes. Depois Primo, o gigantesco, bom e desapiedado Primo... dizem que quer se vingar de uma mulher que o traiu... Todos temos uma ferida secreta por cuja redenção lutamos. Ferriera também? Talvez Ferriera também: a raiva de não poder fazer o mundo girar como ele quer. Lobo Vermelho, não: para Lobo Vermelho, tudo o que ele quer é possível. É necessário fazer com que queira as coisas certas: isso é trabalho político, trabalho de comissário. E aprender que o que ele quer é certo: isso também é trabalho político, trabalho de comissário.

Um dia talvez eu não entenderei mais essas coisas, pensa Kim, tudo será sereno dentro de mim e entenderei os homens de um modo completamente diferente, mais justo, talvez. Por quê: talvez? Bem, aí eu não direi mais talvez, não haverá mais talvez em mim. E mandarei fuzilar o Esperto. Agora sou ligado demais a eles, a todas as suas distorções. Até ao Esperto: eu sei que o Esperto deve sofrer terrivelmente, por causa daquela sua mania de bancar o abjeto a todo custo. Não há nada mais doloroso no mundo do que ser mau. Certo dia, quando criança, tranquei-me no quarto por dois dias sem comer. Sofri terrivelmente, mas não abri a porta e tiveram de vir me buscar com uma escada pela janela do quarto. Tinha uma vontade enorme de causar compaixão. O Esperto faz a mesma coisa. Mas sabe que vamos fuzilá-lo. Quer ser fuzilado. É uma vontade que às vezes dá nos homens. E Pele, o que estará fazendo a esta hora, Pele?

Kim anda por um bosque de lárices e pensa em Pele lá na cidade, com a caveira no boné, fazendo a patrulha para o toque de recolher. Deve estar sozinho, Pele, com seu ódio anônimo, errado, sozinho com sua traição que o rói por dentro e o faz ser mais ainda mau para se justificar. Deve disparar rajadas nos gatos, durante o toque de recolher, com raiva, e os burgueses vão estremecer na cama, acordando com os disparos.

Kim pensa na coluna de alemães e fascistas que talvez já estejam avançando vale acima, em direção ao amanhecer que trará a morte que se estenderá sobre eles, do alto das montanhas. É a coluna dos gestos perdidos: agora um soldado, acordando com um solavanco do caminhão, pensa: te amo, Kate. Em seis, sete horas morrerá, nós o mataremos; mesmo que não tivesse pensado: te amo, Kate, teria sido a mesma coisa, tudo o que ele faz e pensa é perdido, apagado pela história.

Eu, ao contrário, ando por um bosque de lárices e cada passo meu é história; eu penso: te amo, Adriana, e isso é história, tem grandes conseqüências, eu agirei amanhã na batalha como um homem que pensou esta noite: "te amo, Adriana". Talvez não faça coisas importantes, mas a história é feita de pequenos gestos anônimos, talvez amanhã eu morra, talvez antes daquele alemão, mas todas as coisas que fizer antes de morrer e minha própria morte serão pedacinhos de história, e todos os pensamentos que estou tendo agora influem na minha história de amanhã, na história de amanhã do gênero humano.

Claro, em lugar de fantasiar como fazia quando criança, eu poderia agora estudar mentalmente os detalhes do ataque, a disposição das armas e dos esquadrões. Mas gosto demais de continuar pensando naqueles homens, estudando-os, fazendo descobertas sobre eles. O que farão "depois", por exemplo? Reconhecerão na Itália do pós-guerra algo feito por eles? Entenderão o método que deveremos usar então para prosseguir com nossa luta, a longa luta sempre diferente pelo resgate humano? Lobo Vermelho entenderá, digo: sabe-se lá como fará para pô-la em prática, ele, sempre tão aventureiro e engenhoso, sem mais possibilidades para ações repentinas e evasões? Todos deveriam ser como Lobo Vermelho. Deveríamos ser todos como Lobo Vermelho. Vai haver quem continuará com seu furor anônimo, num retorno individualista, e portanto estéril: cairá na delinqüência, a grande máquina dos furores perdidos, esquecerá que a história caminhou a seu lado, um dia, respirou através dos seus dentes cerrados. Os ex-fascistas dirão: os *partigiani*! Bem que eu dizia! Eu entendi isso imediatamente! E não terão entendido nada, nem antes, nem depois.

Kim um dia será sereno. Tudo já está claro dentro dele: o Esperto, Pin, os cunhados calabreses. Sabe como se portar com um e com outro, sem medo nem piedade. Por vezes caminhando na noite as neblinas dos ânimos se condensam a seu redor, como as neblinas do ar, mas ele é um homem que analisa, "a, bê, cê", dirá aos comissários de destacamento, é um "bolchevique", um homem que domina as situações. Eu te amo, Adriana.

O vale está repleto de neblinas e Kim anda por uma encosta pedregosa como nas margens de um lago. As lárices saem das nuvens como balizas para atracar os barcos. *Kim... Kim... quem é Kim?* O comissário de brigada sente-se como o herói do romance lido na meninice: Kim, o garoto meio inglês meio indiano que viaja pela Índia com o velho Lama Vermelho, para encontrar o rio da purificação.

Há duas horas falava com aquele malandro do Esperto, com o irmãozinho da prostituta, agora chega ao destacamento de Relâmpago, o melhor da brigada. Está aí a esquadra dos russos, ex-prisioneiros que fugiram dos trabalhos de fortificação da fronteira.

— Quem vem lá?

É a sentinela: um russo.

Kim diz seu nome.

— Trazer novidades, comissário?

É Alieksiêi, filho de um mujique, estudante de engenharia.

— Amanhã tem batalha, Alieksiêi.

— Batalha? Cem fascistas *kaput*?

— Não sei quantos *kaput*, Alieksiêi. Não sei direito nem quantos vivos.

— *Sali e tabacchi*,* comissário.

Sali e tabacchi foi a frase italiana que mais impressionou

(*) Era o nome das lojas que vendiam sal e qualquer produto à base de tabaco, ambos monopólio do Estado. (N. T.)

Alieksiêi, que sempre a repete como se fosse um bordão, um voto.

— *Sali e tabacchi*, Alieksiêi.

Amanhã será uma grande batalha. Kim está sereno. "A, bê, cê", dirá. Continua pensando: eu te amo, Adriana. Isso, nada mais do que isso, é a história.

10

A manhã ainda é escuridão sem claridade quando os homens do Esperto se preparam para partir, com movimentos silenciosos ao redor da casinhola. Enrolam cobertores em volta dos ombros: nas pedreiras do cume terão frio, antes da chegada do amanhecer. Os homens pensam, em lugar de no seu, no destino daquele cobertor que levam consigo: vão perdê-lo fugindo, talvez vá se encharcar de sangue enquanto eles morrem, talvez um fascista vá pegá-lo e mostrá-lo na cidade como saque. Mas que importância tem um cobertor?

Sobre eles, como nas nuvens, ouvem o movimento da coluna inimiga. Grandes rodas girando pelas estradas poeirentas, de faróis apagados, passos de soldados já cansados perguntando aos cabos-de-esquadra: ainda falta muito? Os homens do Esperto falam em voz baixa, como se a coluna estivesse passando por trás do muro da casa.

Agora raspam com suas colheres as marmitas de castanhas cozidas: não sabem quando comerão da próxima vez. O cozinheiro também virá para a ação, desta vez: distribui as castanhas com golpes de escumadeira, praguejando em voz baixa, com os olhos inchados de sono. A Giglia também se levantou e roda em meio aos preparativos dos homens, sem conseguir ser útil. Canhoto de vez em quando pára e a observa.

— Ei, Giglia — diz —, não é prudente você ficar aqui no acampamento sozinha. Nunca se sabe.

— E para onde você quer que eu vá? — diz Giglia.

— Vista uma saia e vá para a aldeia, não fazem nada com as mulheres. Esperto, diga a ela que vá, que não pode ficar aqui, sozinha.

O Esperto não comeu castanhas, dirige os preparativos dos homens, quase sem palavras, de gola levantada. Não levanta a cabeça, nem responde logo.

— Não — diz. — Melhor ela ficar aqui.

A Giglia dá uma olhada no marido como a dizer: "Está vendo?", e acaba trombando com Primo, que sem sequer erguer os olhos diz:

— Sai da frente. — Ela volta sobre seus passos e entra na casa, vai dormir.

Pin também fica atrapalhando os passos dos homens, como um cão de caça que vê o dono se preparando para sair.

"A batalha", pensa, procurando se empolgar. "Agora vai haver batalha."

— Então — diz para Giacinto. — Qual pego?

O comissário mal repara nele.

— O quê? — diz.

— Qual espingarda? — diz Pin.

— Você? — diz Giacinto. — Você não vai.

— Claro que vou.

— Sai daí. Não é hora de levar crianças conosco. Esperto não quer. Sai.

Pin agora está cheio de raiva, vai segui-los desarmado, aprontando, até atirarem nele.

— Esperto, Esperto, é verdade que não quer que eu vá?

O Esperto não responde, está dando pequenas tragadas num toco de cigarro, como se o mordesse.

— Viu? — diz Pin. — Puta vida, disse que não é verdade.

"Agora vai chover um tapa nem sei de onde", pensa. Mas o Esperto não diz nada.

— Posso ir para a ação, Esperto? — diz Pin.

O Esperto fuma.

— O Esperto disse que posso ir, ouviu, Giacinto? — diz Pin.

Agora o Esperto dirá: "Pare com isso! Fique aqui!", dirá. Mas não diz nada; por que será?

Pin diz, em voz bem alta:

— Então vou.

E vai em direção ao lugar onde ficaram as armas desocupadas, com passos vagarosos, assobiando, de modo a chamar a atenção sobre si. Escolhe o mosquete mais leve.

— Então vou ficar com este — diz em voz alta. — É de alguém, este?

Ninguém responde. Pin volta sobre seus passos, balançando o mosquete para a frente e para trás pela correia. Senta-se no chão, bem na frente do Esperto, e começa a controlar o obturador, a mira, o gatilho.

Cantarola:

— Eu tenho uma espingarda! Eu tenho uma espingarda!

Alguém diz:

— Calado! Ficou doido?

Os homens estão se enfileirando, esquadra por esquadra, núcleo por núcleo, os carregadores de munição dividem os turnos.

— Então estamos entendidos — diz o Esperto. — O destacamento estará a postos entre a pilastra do Pellegrino e a segunda garganta. Primo vai assumir o comando. Ali receberão as ordens do batalhão.

Agora tem todos os olhos dos homens sobre si, olhos sonolentos e turvos, atravessados por fios de topetes.

— E você? — perguntam.

O Esperto tem um pouco de remela nos cílios abaixados.

— Eu estou doente — diz. — Eu não posso ir.

Pronto, agora que aconteça o que tiver de acontecer. Os homens ainda não disseram nada. "Sou um homem acabado", pensa o Esperto. Agora que aconteça o que tiver de acontecer. É terrível os homens não dizerem nada, não protestarem: significa que já o condenaram, estão felizes que tenha recusado a última prova, talvez esperassem isso dele. No entanto, não compreendem o que o impele a agir assim; nem ele, Esperto, sabe bem o porquê; mas agora que aconteça o que tiver de acontecer, só tem de se deixar ir à deriva.

Pin, porém, compreende tudo: está muito atento, a língua entre os dentes, faces acesas. Ali, meio enterrada no feno, está Giglia, com aqueles seus seios quentes debaixo da camisa de homem. Tem calor, à noite, no meio do feno, e fica se revirando o tempo todo. Uma vez se levantou enquanto todos dormiam, tirou as calças e se enrolou nua nos cobertores: Pin a viu. Enquanto no vale a batalha estiver enfurecendo, na casa acontecerão coisas espantosas, cem vezes mais excitantes que a batalha. Por isso o Esperto deixa que Pin vá para a ação. Pin abandonou o mosquete a seus pés: acompanha todo movimento com os olhos, extremamente atento. Os homens tornam a se colocar em ordem: ninguém diz para Pin vir para a fila.

Nisso, o falcão começa a ruidar nas vigas do teto, batendo as asas cortadas como numa crise de desespero.

— Babeuf! Tenho de dar comida para Babeuf! — diz Canhoto, e corre buscar o saquinho com as vísceras para a ave. Então todos os homens se revoltam contra ele e contra o bicho, parecem querer despejar todo o seu rancor contra alguma coisa precisa.

— Que morram você e o seu falcão! Ave agourenta! Todas as vezes que canta acontece um desastre! Torça o pescoço dele!

Canhoto está diante deles com o falcão agarrado a seu ombro pelos artelhos, e lhe dá pedaços de carne no bico, e olha para os companheiros com ódio:

— O falcão é meu, e vocês não têm nada a ver com isso, e se quiser eu o levo comigo para a ação, está bem?

— Torça o pescoço dele — grita Zena, o Comprido, de

alcunha Boné-de-Madeira. — Não é hora de pensar nos falcões! Torça o pescoço dele ou nós o torcemos!

E vai agarrá-lo. Leva tamanha bicada no dorso da mão que o sangue começa a escorrer. O falcão arrepia as penas, abre as asas e não pára de gritar virando os olhos amarelos.

— Viu só? Viu só? Bem feito! — diz o cozinheiro. Todos os homens estão a seu redor, com a barba eriçada de raiva, os punhos erguidos.

— Faça-o se calar! Faça-o se calar! Ele dá azar! Vai chamar os alemães para cima da gente!

Zena, o Comprido, de alcunha Boné-de-Madeira, chupa o sangue da mão ferida.

— Matem-no! — diz.

Duque, com a metralhadora no ombro, puxou a pistola do cinto.

— Eu atirro nele! Eu atirro nele! — resmunga.

O falcão não tenciona se acalmar, aliás, faz cada vez mais escândalo.

— Então tá — resolve o Canhoto. — Então tá. Olhem o que vou fazer. Então tá, vocês quiseram isso.

Pegou-o pelo pescoço com as duas mãos e agora torce, segurando-o de cabeça virada para baixo, entre seus joelhos. Os homens estão todos calados.

— Então tá. Agora estão felizes. Estão todos felizes agora. Então tá.

O falcão não se mexe mais agora, as asas cortadas estão caídas, abertas, as penas eriçadas se abandonam. Canhoto o joga num sarçal, e Babeuf fica pendurado pelas asas, de cabeça para baixo. Ainda tem um estremecimento, depois morre.

— Em fila. Todos em fila e andando — diz o Primo. — Metralhadores à frente, carregadores de munição atrás. Depois os fuzileiros. Vamos.

Pin ficou de lado. Não vai para a fila. O Esperto se vira e entra na casinhola. Os homens se afastam em silêncio pelo caminho que leva à montanha. O último é Canhoto, com sua jaqueta de marinheiro de ombros sujos de caca de ave.

Na casinhola a escuridão cheira a feno. A mulher e o homem dormem, um para cá e outro para lá, em dois cantos opostos, enrolados nas cobertas. Não se mexem. Pin juraria que não pregarão mais olho até o amanhecer. Ele também se deitou e fica de olhos abertos. Vai ficar de olhos e ouvidos bem abertos: nem ele vai pregar olho. Os dois nem se coçam: respiram baixo. E, no entanto, estão acordados, Pin sabe disso: e aos poucos adormece.

Quando acorda, lá fora já é dia. Pin está sozinho no meio do feno picado. Aos poucos vai se lembrando de tudo. É o dia da batalha! Como é que não se ouvem disparos? É o dia em que o comandante Esperto vai comer a mulher do cozinheiro! Pin levanta-se e sai. É um dia azul como os outros, um dia com cantos de passarinhos, que dá medo ouvi-los cantar.

A cozinha fica entre as ruínas da parede de uma antiga casa desabada. Lá dentro está a Giglia. Prepara um pouco de fogo debaixo de uma marmita de castanhas: pálida, os olhos macilentos.

— Pin! Quer umas castanhas? — diz, com aquele ar maternal, tão falso, como se procurasse conquistá-lo.

Pin odeia o ar maternal das mulheres: sabe que é tudo um truque e que não lhe querem bem, como sua irmã, e só têm um pouco de medo dele. Odeia-o.

Será que já aconteceu "o fato"? E onde está o Esperto? Resolve perguntar.

— Bom: já fizeram tudo? — pergunta.

— O quê? — diz a Giglia.

Pin não responde: olha para ela de soslaio, com uma careta amarrada.

— Levantei-me agorinha — diz a Giglia, angelical.

"Entendeu", pensa Pin, "vaca. Entendeu."

Ainda assim, lhe parece que não aconteceu nada mesmo:

a mulher está com uma expressão tensa, parece estar prendendo a respiração.

O Esperto chega. Tinha ido se lavar; em volta do pescoço tem uma toalha colorida, desbotada. Tem cara de homem maduro, marcada por rugas e sombras.

— Ainda não estão atirando — diz.

— Puta vida, Esperto — diz Pin —, será que todos adormeceram?

O Esperto não sorri, chupa os dentes.

— A brigada toda adormecida nos picos, já pensou? — diz Pin. — E os alemães chegando aqui na ponta dos pés. *Raus! Raus!* A gente se vira e olha eles aí.

Pin indica um ponto e o Esperto se vira. Depois fica aborrecido por ter se virado e dá de ombros. Senta-se perto do fogo.

— Estou doente — diz.

— Quer umas castanhas? — diz Giglia.

O Esperto cospe nas cinzas.

— Queimam meu estômago — diz.

— Tome apenas o caldo.

— Queima meu estômago.

Depois reflete. Diz:

— Dá.

Leva a borda da marmita suja até os lábios e bebe. Depois a deixa.

— Bom. Eu vou comer — diz Pin.

E começa a comer a pasta de castanhas aquecidas.

O Esperto levanta os olhos para a Giglia. As pálpebras de cima têm cílios longos e duros: as de baixo são nuas.

— Esperto — diz a mulher.

— Hein.

— Por que você não foi?

Pin fica com o nariz dentro da marmita e olha de baixo para cima, por cima da borda.

— Fui aonde?

— Para a ação, que pergunta.

— E para onde você quer que eu vá, para onde você quer que eu vá, se estou aqui e nem sou mais eu?

— O que é que está errado, Esperto?

— O que é que está errado, e eu sei o que está errado? Querem me ferrar lá na brigada, já faz um bom tempo, brincam comigo de gato e rato. Todas as vezes: Esperto, diga, Esperto, disso vamos falar depois, agora tome cuidado, Esperto, pense nisso, tome cuidado com isso, no fim sempre se fica sabendo de tudo... Para o diabo! Não agüento mais. Se têm algo para me dizer, que digam de uma vez. Tenho vontade de fazer um pouco o que me der na telha.

A Giglia está sentada mais acima do que ele. Olha-o demoradamente, respirando fundo pelas narinas.

— Tenho vontade de fazer um pouco o que me der na telha — diz-lhe o Esperto, com olhos amarelos. Pôs a mão no joelho dela.

Ouve-se uma chupada barulhenta de Pin dentro da marmita.

— Esperto, e se estivessem aprontando uma feia com você? — diz a Giglia.

O Esperto aproximou-se dela, agora está agachado a seus pés.

— Não me importo de morrer — diz. Mas tem os lábios tremendo, os lábios de garoto doente. — Não me importo de morrer. Mas antes queria... Antes...

Está com a cabeça virada e olha Giglia de baixo para cima, alta acima dele.

Pin joga no chão a marmita vazia, com a colher dentro. Dlim!, faz a colher.

O Esperto virou a cabeça em sua direção: agora olha para ele mordendo os lábios.

— Hein? — diz Pin.

O Esperto se sacode.

— Não estão atirando — diz.

— Não estão atirando — diz Pin.

O Esperto levantou-se. Anda um pouco em volta, nervoso.

— Vá buscar um pouco de água, Pin.

— Agora mesmo — diz Pin, e se ajoelha para amarrar as botinas.

— Você está pálida, Giglia — diz o Esperto. Está em pé atrás dela, com os joelhos toca suas costas.

— Talvez esteja doente — diz a Giglia num sopro.

Pin começa um daqueles bordões monótonos que nunca terminam, num crescendo:

— Está pálida!... Está pálida!... Está pálida!... Está pálida!... Está pálida!...

O homem pôs as mãos nas faces dela e lhe voltou a cabeça para cima:

— Doente como eu?... Diga, doente como eu?...

— Está pálida!... Está pálida!... — cantarola Pin.

O Esperto volta-se contra ele, com uma cara ambígua:

— Vai buscar essa água para mim ou não vai?

— Espera... — diz Pin —, vou amarrar o outro.

E continua a fazer hora remexendo nos sapatos.

— Não sei como você está doente... — diz a Giglia. — Como está doente?

O homem fala baixinho:

— Doente a ponto de não poder mais, a ponto de não poder agüentar mais.

Agora, sempre atrás dela, pegou-a pelos ombros e a segura pelas axilas.

— Está pálida!... Está pálida!...

— Então, Pin.

— Pronto. Já vou. Agora vou. Dê-me a garrafa.

Depois pára. Como para ouvir com atenção. O Esperto também pára, olhando para o vazio.

— Não estão atirando — diz.

— Não é? Não estão atirando mesmo... — diz Pin.

Ficam calados.

— Pin!

— Estou indo!

Pin sai, balançando a garrafa, assobiando o tema de antes. Vai haver muito para se divertir, nesse dia. Pin não terá piedade: o Esperto não lhe dá medo, já não manda mais nada; recusou-se a ir para a ação e não manda mais nada. Agora não dá mais para ouvir o assobio da cozinha. Pin se cala, pára, volta na ponta dos pés. Devem já estar no chão um em cima do outro, mordendo-se a garganta como os cachorros! Pin já está na cozinha, no meio das ruínas. Que nada, ainda estão lá. O Esperto está com as mãos sob os cabelos da mulher, na nuca, e ela faz um movimento de gata, como para escapar dele. Viram-se imediatamente, de chofre, ao ouvi-lo.

— E aí? — diz o homem.

— Estava vindo buscar a outra garrafa — diz Pin. — Esta está sem palha.

O Esperto passa a mão nas têmporas:

— Tome.

A mulher vai sentar perto do saco das batatas:

— Bem. Vamos descascar um pouco de batatas, ao menos fazemos alguma coisa.

Põe um saco no chão e umas batatas para descascar e duas facas.

— Tome uma faca, Esperto, aqui estão as batatas — diz.

Pin acha-a tola e hipócrita.

O Esperto continua passando a mão na testa.

— Ainda não estão atirando — diz. — Sabe-se lá o que está acontecendo.

Pin se vai, vai mesmo buscar água, agora. É preciso dar-lhes algum tempo, senão nunca vai acontecer nada. Perto da fonte tem um sarçal cheio de amoras. Pin começa a comer amoras. Gosta de amoras, mas agora não sente prazer em comê-las, enche a boca, mas não consegue sentir o gosto. Pronto: agora já comeu bastante, pode voltar. Mas talvez ainda seja muito cedo: melhor antes fazer suas necessidades. Acomoda-se entre as moitas. É bom se esforçar e enquanto isso pensar no Esperto com a Giglia, correndo um atrás do outro entre as ruínas da cozinha, ou nos homens levados de quatro para as fossas, ao anoitecer, nus e amarelos, batendo os dentes, todas coisas incompreensíveis e más, com um estranho fascínio, como as próprias fezes.

Limpa-se com algumas folhas. Está pronto, vai.

Na cozinha todas as batatas estão viradas no chão. A Giglia está num canto, além dos sacos e do panelão, e segura uma faca. A camisa de homem está desabotoada: há os seios brancos e quentes lá dentro! Esperto está do outro lado da barreira, ameaça-a com a faca. É verdade: estão se perseguindo, talvez agora se firam.

Que nada, ri; riem os dois: estão brincando. Riem mal, é um modo de brincar de dar pena, mas riem.

Pin põe a garrafa no chão.

— A água — diz em voz alta.

Agora largam as facas, vão beber. O Esperto apanha a garrafa e a passa para a Giglia. Giglia se pendura na garrafa e bebe; o Esperto olha para seus lábios.

Depois diz:

— Ainda não estão atirando.

Vira-se para Pin.

— Ainda não estão atirando — repete. — O que estará acontecendo lá?

Pin fica contente quando lhe dirigem uma pergunta assim, de igual para igual.

— Diga lá, o que será que está acontecendo, Esperto? — pergunta.

O Esperto bebe sem parar, esvazia a garrafa direto na garganta, nunca termina. Enxuga a boca:

— Tome, Giglia, se quiser beber ainda. Beba se tiver sede, depois mandamos buscar mais.

— Se quiserem — diz Pin, azedo —, posso lhes trazer um balde.

Os dois se olham e riem. Mas Pin compreende que não estão rindo pelo que ele disse, que é um riso só deles, secreto, à-toa.

— Se quiserem — diz Pin —, posso lhes trazer o suficiente para tomar banho.

Os dois continuam se olhando e rindo.

— Banho — repete o homem, e não se entende mais se está rindo ou batendo os dentes. — Banho, Giglia, banho.

Pegou-a pelos ombros. De repente seu rosto se faz sombrio e ele a solta.

— Lá embaixo. Olhe lá embaixo — diz.

Num sarçal, a poucos passos deles, está o falcão, esturricado, e preso pelas asas.

— Fora. Fora com essa carcaça — diz —, não quero mais vê-lo!

Pega-o pela asa e o joga longe, nos rododendros: Babeuf plana como talvez nunca tenha feito em vida. Giglia reteve-lhe o braço:

— Não, pobre Babeuf!

— Fora! — O Esperto está pálido de raiva. — Não quero mais vê-lo! Vá enterrá-lo! Pin: vá enterrá-lo. Pegue a enxada e vá enterrá-lo, Pin!

Pin olha para a ave morta, no meio dos rododendros: e se ele se levantasse, morto como está, e lhe desse uma bicada bem no meio dos olhos?

— Não vou — diz.

O Esperto mexe as narinas: está com a mão na pistola:

— Pegue a enxada e mexa-se, Pin.

Agora Pin levanta o falcão por uma pata: tem artelhos curvos e duros feito ganchos. Pin anda com a enxada no ombro carregando o falcão morto com a cabeça dependurada. Atravessa os campos de rododendros, um pedaço de bosque, e está nos prados. Sob os prados que sobem para a montanha em degraus suaves, estão sepultados todos os mortos, com os olhos cheios de terra, os mortos inimigos e os mortos companheiros. Agora o falcão também.

Pin anda pelos prados, dando voltas estranhas. Não quer, ao cavar uma fossa para a ave, descobrir com a enxada um rosto humano. Não quer nem pisar nos mortos, tem medo deles. No entanto, seria bom desencavar um morto da terra, um morto nu, com os dentes à mostra e os olhos cavados.

Pin só vê montanhas a seu redor, vales enormes cujo fundo nem dá para imaginar, vertentes altas e escarpadas, densos de bosques, e montanhas, fileiras de montanhas umas atrás das outras, até o infinito. Pin é sozinho na terra. Debaixo da terra, os mortos. Os outros homens, do outro lado dos bosques e das vertentes, esfregam-se no chão, machos com fêmeas, e se jogam uns em cima dos outros para se matarem. O falcão esturricado está a seus pés. No céu ventoso as nuvens, enormes sobre ele, voam. Pin cava uma fossa para o volátil morto. Uma pequena fossa basta; um falcão não é um homem. Pin pega o falcão na mão; está de olhos fechados, pálpebras brancas e nuas, quase humanas. Tentando abri-las dá para ver embaixo o olho redondo e amarelo. Dá vontade de jogar o falcão no grande ar do vale e vê-lo abrir as asas, e levantar vôo, dar um volteio sobre sua cabeça e depois partir rumo a um ponto distante. E ele, Pin, como nos contos de fadas, ir atrás dele, andando por montanhas e planícies, até uma aldeia encantada onde todos são bons. Mas Pin depõe o falcão na fossa e faz a terra desabar em cima, com as costas da enxada.

Nesse instante explode um trovão e preenche o vale: disparos, rajadas, tiros surdos aumentados pelo eco: a batalha! Pin deu um salto para trás com medo. Estrondos horríveis dilaceram o ar: perto, estão perto dele, não dá para entender onde. Daqui a pouco projéteis de fogo cairão sobre ele. Daqui a pouco da curva dos costões vão aparecer os alemães, duros de metralhadoras, vão despencar sobre ele.

— Esperto!

Pin agora está fugindo. Largou a enxada plantada na terra da fossa. Corre, e o ar se rasga de estrondos a seu redor.

— Esperto! Giglia!

Pronto: agora está correndo no bosque. Metralhadora, tá-pum, granadas, tiros de morteiro: a batalha eclodiu de repente do seu sono e não se entende onde está, talvez a poucos passos dele, talvez naquela curva da trilha verá o soluço de fogo da metralhadora e os corpos mortos esticados pelas moitas.

— Socorro! Esperto! Giglia!

Lá está ele nas ribanceiras nuas dos rododendros. Os tiros a céu aberto metem ainda mais medo.

— Esperto! Giglia!

Na cozinha: ninguém. Fugiram! Deixaram-no sozinho!

— Esperto! Estão atirando! Estão atirando!

Pin corre ao acaso pelas ribanceiras, chorando. Ali, entre as moitas, um cobertor, um cobertor com um corpo humano enrrolado se mexendo. Um corpo, não, dois corpos, saem dois pares de pernas, entrelaçadas, estremecem.

— A batalha! Esperto! Estão atirando! A batalha!

11

No passo da Meia-Lua, a brigada chega após infinitas horas de marcha. Sopra um frio vento noturno que gela o suor nos ossos, mas os homens estão cansados demais para dormir e os comandantes dão ordem para que parem ao abrigo de uma saliência da rocha, para uma breve pausa. O passo, na penumbra da noite nublada, parece um prado côncavo com contornos esvaídos, entre duas elevações de rocha cercadas por anéis de névoa. Além, os vales e as planícies livres das novas regiões ainda não ocupadas pelos inimigos. Desde que partiram para a batalha os homens não tiveram descanso: ainda assim o moral não sofre um daqueles perigosos colapsos que acompanham os longos esforços: o entusiasmo do combate ainda faz valer seu impulso. A batalha foi sangrenta e terminou com uma retirada: mas não foi uma batalha perdida. Os alemães, ao passar por uma garganta, viram os topos transbordando de homens berrantes e revoadas de fogo se erguendo das bordas dos precipícios; muitos dos deles rolaram nas valetas da estrada, alguns caminhões começaram a soltar fumaça e chamas como uma caldeira e pouco depois não passavam de destroços negros. Depois vieram os reforços, mas pouco puderam fazer: eliminar uns *partigiani* que tinham ficado na estrada a despeito das ordens ou que ficaram de fora na balbúrdia. Porque os comandantes, avisados a tempo da nova coluna de carros a caminho, desmancharam a tempo as formações e retomaram o caminho das montanhas evitando ficar cercados. Claro, os alemães não são de parar assim depois de uma afronta, por isso Ferriera decide que a brigada vai abandonar a zona, que agora pode virar uma armadilha, e vai passar para outros vales, de defesa mais fácil. A retirada, calada e ordenada, deixa atrás de si a escuridão da noite e toma a trilha de mulas que leva ao passo da Meia-Lua, fechada por uma caravana de mulas com as munições, as provisões, os feridos da batalha.

Os homens do Esperto agora batem os dentes de frio, encostados no degrau de rocha; estão com os cobertores sobre a cabeça e os ombros, como barreganas árabes. O destacamento teve um morto: o comissário Giacinto, o funileiro. Ficou estendido num prado, sob o disparo de um atirador alemão, e todos os seus sonhos coloridos de vagabundagem o abandonaram junto com todos os seus insetos, que nenhum inseticida havia logrado rechaçar. Depois há um ferido leve, na mão, Conde, um dos cunhados calabreses.

O Esperto está com seus homens, de cara amarela, e com um cobertor nos ombros que realmente o faz parecer doente. Observa os homens um a um, calado, mexendo as narinas. De vez em quando parece estar para dar uma ordem, depois se cala. Os homens ainda não lhe dirigiram a palavra. Se ele desse uma ordem, ou se um companheiro falasse com ele, decerto todos se insurgiriam contra ele, palavras violentas seriam ditas. Mas esse não é o momento apropriado: todos compreenderam, ele e os outros, como por um acordo tácito, e continuam, ele a não dar ordens nem repreender, os outros a dar um jeito de não precisar. Assim o destacamento marcha com disciplina, sem se dispersar, sem brigas pelos turnos de carregador; não se diria sem comandante. E o Esperto ainda é comandante de fato, basta só um olhar seu para que todos os homens andem na linha: é um comandante magnífico, uma magnífica têmpera de comandante, o Esperto.

Pin, todo embrulhado numa balaclava, olha para o Esperto, para a Giglia, depois para o Canhoto. Têm caras de todo dia, só pálidas de frio e de cansaço: não está escrito na cara de cada um o papel representado na história da manhã anterior. Passam outros destacamentos: vão parar mais adiante, ou prosseguem a marcha.

— Gian Motorista! Gian!

Numa esquadra que está sinalizando a parada, Pin reconheceu seu velho amigo da taberna: está vestido de *partigiano* e armado como se deve. Gian não entende quem o está chamando, depois também se surpreende:

— Oh... Pin!

Comemoram, com uma manifestação de sentimentos cuidadosa, de gente que não está acostumada a grandes gentilezas. Gian, o Motorista, ficou diferente: há uma semana está nas formações, não tem mais aqueles olhos de animal da caverna, lacrimosos de fumaça e de álcool, dos homens da taberna. Ao redor da cara, parece estar querendo deixar a barba crescer. Está no batalhão de Espada.

— Quando me apresentei à brigada, Kim queria me designar para o destacamento de vocês... — diz Gian. Pin pensa: "Ele não sabe o que significa, talvez o desconhecido do comitê que estava aquela noite na taberna tenha feito um relatório ruim sobre todos eles".

— Caramba, Gian, estaríamos juntos! — diz Pin. — Por que não o colocaram aqui?

— Sei lá: e depois disseram que não adiantaria: o destacamento de vocês em breve vai ser desmanchado!

"Pronto", pensa Pin. "O sujeito acaba de chegar e já sabe todas as novidades sobre a gente." Pin, ao contrário, não sabe mais nada sobre a cidade.

— Motorista! — diz. — O que há de novo no beco? E na taberna?

Gian olha azedo.

— Não sabe de nada? — pergunta.

— Não — diz Pin. — O que foi? A Bersagliera teve um filho?

Gian desembucha.

— Eu não quero nem mais ouvir falar daquela gente — diz. — Eu tenho vergonha de ter nascido naquele lugar. Fazia anos que já não agüentava mais, eles, a taberna, o fedor de mijo do beco... Ainda assim, ficava ali... Agora tive de fugir e quase agradeço àquele canalha que deu nos dentes...

— Miscèl, o Francês? — pergunta Pin.

— O Francês é um. Mas não é ele, o canalha. Ele faz jogo duplo, na brigada negra e com o *gap*; ainda não decidiu direito de que lado ficar...

— E os outros?

— Deram uma batida. Apanharam todo mundo. Tínhamos acabado de nos decidir a entrar para o *gap*... O Girafa foi fuzilado... Os outros para a Alemanha... O beco está quase vazio... Caiu uma bomba de avião perto da balaustrada do forno; todos tiveram de deixar as casas e o beco, ou vivem no abrigo... Aqui é outra vida; parece que voltei para a Croácia, só que agora, se Deus quiser, estou do outro lado...

— Para a Croácia, Motorista, puta vida, mas o que você tinha na Croácia, uma amante?... E minha irmã, diga, também deixou a casa por causa da guerra?

Gian alisa sua barba jovem.

— Sua irmã — diz — fez os outros deixarem as casas, aquela vaca.

— Depois você me explica — diz Pin, bancando o palhaço —, sabe que eu fico ofendido.

— Idiota! Sua irmã está na ss, e tem vestidos de seda, e anda de carro com os oficiais! E quando os alemães chegaram no beco, era ela quem os guiava de casa em casa, de braço dado com um capitão alemão!

— Um capitão, Gian! Puta vida, que carreira!

— Estão falando de mulheres que delatam? — Quem

disse isso foi o Primo, esticando a larga cara achatada e bigoduda na direção deles.

— É minha irmã, aquela macaca — diz Pin. — Sempre foi dedo-duro, desde criança. Era de se esperar.

— Era de se esperar — diz o Primo, e olha para longe com aquela sua expressão desconsolada, debaixo do gorrinho de lã.

— Também de Miscèl, o Francês, era de se esperar — diz Gian. — Mas Miscèl não é mau, é só um canalha.

— E Pele, conhece aquele novo da brigada negra: Pele?

— Pele — diz Gian, o Motorista — é o pior de todos.

— *Era* o pior — diz uma voz atrás deles. Viram-se: é Lobo Vermelho chegando, coberto da cabeça aos pés de armas e de fitas de metralhadora capturadas dos alemães. Todos o festejam: todos ficam contentes quando tornam a ver Lobo Vermelho.

— Então, o que aconteceu com Pele? Como é que foi?

Lobo Vermelho diz:

— Foi um golpe dos *gap*. — E começa a contar.

Pele por vezes ia dormir em sua casa, não na caserna. Morava sozinho, numa água-furtada das casas populares, e guardava ali todo o arsenal de armas que conseguia arranjar, porque no quartel ele teria de dividi-las com os camaradas. Certa noite Pele vai em direção à sua casa, armado como de costume. Tem um sujeito que o segue, à paisana, de impermeável, mãos afundadas nos bolsos. Pele se sente na mira de uma boca-de-fogo. "Melhor disfarçar", pensa, e continua andando. Na outra calçada tem mais um desconhecido de impermeável, andando de mãos no bolso. Pele dobra uma esquina, e os outros também. "Preciso chegar logo em casa", pensa. "Assim que passar o portão, pulo para dentro e começo a atirar por trás do umbral para que ninguém se aproxime." Mas na calçada, passado o portão da casa, tem mais um homem de impermeável vindo em sua direção. "Melhor deixá-lo passar", pensa Pele. Pára e os homens de impermeável param, os três. Só lhe resta alcançar o portão, o mais rápido possível. No portão, no fundo, encostados nas balaustradas das escadas, tem mais dois de impermeável, parados, de mãos no bolso. Pele já entrou. "Agora me pegaram na armadilha", pensa, "agora vão me dizer: mãos ao alto." Ao contrário, nem parecem olhar para ele. Pele passa diante deles e começa a subir as escadas. "Se ainda me seguirem", pensa, "vou me debruçar nos degraus e atirar para baixo pelo vão das escadas." No segundo lance olha para baixo. Está sendo seguido: mas Pele ainda está ao alcance das suas armas invisíveis, nos bolsos dos impermeáveis. Mais um patamar; Pele espia para baixo, de soslaio. Em cada lance de escadas abaixo dele, há um homem subindo. Pele continua a subir, mantendo-se rente à parede, mas seja qual for o ponto da escada em que ele estiver, sempre há um homem dos *gap*, um, dois ou três lances abaixo dele, subindo rente às paredes e mantendo-o ao alcance dos seus tiros. Seis andares, sete andares, o vão da escada, na meia-luz forçada da guerra, parece um jogo de espelhos, com aquele homem de impermeável repetido em cada lance, que sobe lentamente, em espiral. "Se não atirarem em mim antes de eu chegar na água-furtada", pensa Pele, "estou salvo: vou me entrincheirar lá dentro e lá tenho tantas armas e bombas que posso resistir até chegar toda a brigada negra." Já está no último andar, no sótão. Pele corre pelo último lance, abre a porta, entra, empurra-a atrás de si. "Estou a salvo", pensa. Mas além das janelas da água-furtada, no telhado, há um homem de impermeável apontando para ele. Pele levanta as mãos, a porta torna a se abrir atrás dele. Pelas balaustradas dos patamares, todos os homens de impermeável estão apontando para ele. E um deles, não se sabe quem, atirou.

Os companheiros parados no passo da Meia-Lua estão todos ao redor de Lobo Vermelho e acompanharam a narração sem respirar. Por vezes Lobo Vermelho exagera um pouco as coisas que conta, mas conta muito bem.

Agora um deles diz:

— Lobo Vermelho, você, qual era você entre eles?

Lobo Vermelho sorri: torna a levantar o boné sobre a cabeça raspada na prisão.

— O do telhado — diz.

Depois Lobo Vermelho enumera todas as armas que o Pele tinha colecionado lá em cima: metralhadora, *sten*, *machine*, *mas*, granadas, pistolas de todos os formatos e calibres. Lobo Vermelho diz que havia até um morteiro.

— Olhem — diz, e mostra uma pistola e umas granadas especiais. — Eu fiquei só com isso, os *gap* estão em piores condições do que a gente em armamentos, e estavam precisando.

Pin de repente pensa na sua pistola: se Pele conhecia o lugar e foi buscá-la, estava entre aquelas; e agora cabe a ele, a Pin, não podem tirá-la dele!

— Lobo Vermelho, ouça, Lobo Vermelho — diz, puxando-o pela jaqueta. — Tinha também uma P.38 entre as pistolas do Pele?

— P.38? — responde o outro. — Não, não havia nenhuma P.38. Tinha de todos os tipos, mas uma P.38 estava faltando na coleção.

E Lobo Vermelho recomeça a descrever a variedade e a raridade das peças que o garoto maníaco havia juntado.

— Tem mesmo certeza que não tinha nenhuma P.38? — pergunta Pin. — Não pode ser que algum *gap* tenha ficado com ela?

— Não, não mesmo, acha que eu não ia reparar numa P.38? Repartimos tudo na presença de todos.

Então a pistola ainda está enterrada perto das tocas, pensa Pin, é só minha, não era verdade que Pele conhecia o lugar, ninguém conhece aquele lugar, é um lugar só de Pin, um lugar mágico. Isso o deixa muito tranqüilo. Qualquer coisa, há as tocas das aranhas, e a pistola enterrada.

Está perto de amanhecer. A brigada ainda tem muitas

horas de marcha pela frente, mas os comandantes, julgando que depois de o sol se levantar um desfile de homens como esse por caminhos descobertos faria qualquer um saber do deslocamento, decidem aguardar a noite seguinte para retomar o caminho com todo o sigilo.

Esses foram postos de fronteira, onde por longos anos os generais fingiram preparar uma guerra que afinal acabaram fazendo despreparados; e nas montanhas estão espalhadas construções compridas e baixas de acantonamentos militares. Ferriera dá ordem para que os destacamentos se alojem nesses edifícios para dormir e para que permaneçam ali escondidos durante todo o dia seguinte, até ficar escuro ou nebuloso o bastante para retomarem a marcha.

São designados os lugares dos diversos destacamentos: ao destacamento do Esperto cabe uma pequena construção de cimento, isolada, com argolas chumbadas nas paredes: havia de ser uma estrebaria. Os homens deitam-se em cima da pouca palha podre do chão e fecham os olhos cansados e repletos de cenas de batalha.

De manhã é maçante ficar ali dentro amontoados, e ter de sair um de cada vez para ir mijar atrás de um muro; mas ao menos dá para descansar. Mas não se pode cantar ou levantar fumaça para comer: no fundo dos vales há lugarejos de espiões, com binóculos apontados e ouvidos atentos. Vão preparar a comida em turnos, numa cozinha militar com a chaminé que passa por baixo da terra e desafoga a fumaça bem longe dali.

Pin não sabe o que fazer; sentou-se no vão de sol da porta e tirou os sapatos arrebentados e as meias já sem calcanhares. Olha para seus pés, no sol, acaricia as chagas, e tira a sujeira do meio dos dedos. Depois fica catando piolhos: é preciso fazer rastreamento todos os dias, caso contrário acaba-se como Giacinto, pobre Giacinto. Mas para que catar piolho se afinal, como Giacinto, um dia se morre? Talvez Giacinto não os catasse porque sabia que ia morrer. Pin está triste. A primeira vez que catou piolhos numa camisa foi com Pietromagro, na prisão. Pin gostaria de estar com Pietromagro e tornar a abrir a oficina no beco. Mas o beco agora está deserto, todos fugiram ou foram feitos prisioneiros, ou mortos, e sua irmã, aquela macaca, anda por aí com capitães. Daqui a pouco Pin vai dar por si abandonado por todos num mundo desconhecido, sem saber mais para onde ir. Os companheiros do destacamento são uma raça ambígua e distante, como os amigos da taberna, cem vezes mais fascinantes e cem vezes mais incompreensíveis que os amigos da taberna, com essa fúria de matar nos olhos e essa bestialidade no acasalar-se no meio dos rododendros. O único com quem é possível se dar bem é o Primo, o grande, doce e desapiedado Primo, mas agora ele não está; de manhã, ao acordar, Pin não o encontrou: ele se vai de vez em quando com sua metralhadora e o gorrinho de lã e não se sabe para onde vai. Agora até o destacamento será desmanchado. Kim contou isso para Gian, o Motorista. Os companheiros ainda não sabem. Pin dirige-se a eles, amontoados naquela pouca palha da construção de cimento.

— Puta vida, não fosse eu a contar-lhes as novidades, vocês nem saberiam que nasceram.

— O que há? Desembucha — dizem.

— O destacamento vai ser desmanchado — diz. — Assim que tivermos chegado na nova zona.

— Sei. E quem foi que lhe disse?

— Kim. Juro.

O Esperto se faz de desentendido; ele sabe o que significa isso.

— Deixa de conversa, Pin; e a gente, para onde vão mandar a gente?

Começam as discussões sobre as unidades para as quais podem ser designados os diversos homens, para onde prefeririam ir.

— Mas vocês não sabem que vão dar um destacamento especial para cada um? — diz Pin. — Todos comandantes, vamos virar. Boné-de-Madeira vai ser nomeado comandante dos *partigiani* da poltrona. Claro: uma unidade de *partigiani* que fazem as ações sentados. Tem ou não tem soldados a cavalo? Agora vão fazer os *partigiani* da poltrona de rodas!

— Espere só eu terminar de ler — diz Zena, o Comprido, de alcunha Boné-de-Madeira, marcando com o dedo o *Superpolicial* —, aí vou lhe dar uma boa resposta. Estou para descobrir quem é o assassino.

— O assassino do boi? — diz Pin.

Zena, o Comprido, não entende mais nada, nem do livro, nem da conversa:

— Que boi?

Pin explode numa das suas risadas em *i*, porque o outro caiu direitinho na armadilha:

— Do boi que lhe vendeu os beiços! Beiço de boi! Beiço de boi!

Boné-de-Madeira se apóia numa das grandes mãos para se levantar, sempre marcando o livro, e mexe a outra no ar para pegar Pin; depois percebe que é muito trabalho e recomeça a ler.

Todos os homens riem das piadas de Pin e ficam desfrutando o espetáculo: quando Pin dá para zombar dos outros, só pára depois de ter passado em revista um por um.

Pin ri até as lágrimas, alegre e empolgado: está em território conhecido, agora, no meio dos adultos, gente concomitantemente inimiga e amiga, gente com quem brincar até desafogar esse ódio que tem contra eles. Sente-se desapiedado: vai feri-los sem misericórdia.

A Giglia também ri, mas Pin sabe que ri fingido: está com medo. Pin dirige-lhe uma olhada de vez em quando: ela não baixa os olhos, mas o sorriso lhe treme nos lábios; me aguarde, pensa Pin, você não vai rir por muito tempo.

— Carabiniere! — diz Pin. A cada nome que ele chama, os homens riem baixinho, saboreando por antecipação o que Pin vai inventar.

— Para o Carabiniere vão dar um destacamento especial... — diz Pin.

— Serviço de ordem — diz Carabiniere para adiantar o golpe.

— Não, lindo, um destacamento para prender pais!

Toda vez que alguém lembra da história da prisão dos pais dos renitentes à leva como reféns, Carabiniere enfurece.

— Não é verdade! Nunca prendi pais, eu!

Pin fala com uma contrição irônica, venenosa; os outros apóiam:

— Não fique bravo, lindo, não fique bravo. Um destacamento para prender pais. Você é tão bom para prender pais...

Carabiniere tem chiliques, depois pensa que é melhor deixá-lo falar até ele se cansar e passar para outro.

— Agora vamos passar para... — Pin gira os olhos ao redor, depois pára com um daqueles sorrisos de gengivas descobertas e olhos comidos pelas sardas. Os homens já entenderam de quem se trata e seguram as risadas. Duque, diante do riso maldoso de Pin, fica como hipnotizado, com os bigodinhos retos e os maxilares tensos.

— Eu arribento seus corno, eu quebro seus traseiro... — diz entre dentes.

— ...Para o Duque vamos mandar entregar o destacamento dos matadores de coelhos. Puta vida, fala, fala, Duque, mas mais do que torcer o pescoço de galinhas e arrancar o pêlo de coelhos eu não vi você fazer.

Duque põe a mão na enorme pistola austríaca e parece querer dar uma chifrada com o gorro de pêlo.

— Eu torço suas barriga! — grita.

Então Canhoto dá um passo em falso. Diz:

— E para Pin, o que vamos dar para Pin comandar?

Pin olha para ele como se só então percebesse que ele está lá:

— Canhoto, você voltou... tanto tempo longe de casa... Aconteceu muita coisa boa enquanto você estava fora...

Vira-se vagarosamente: o Esperto está num canto, sério; a Giglia está perto da porta com aquele seu sorriso hipócrita colado na boca.

— Adivinha que destacamento você vai comandar, Canhoto...

Canhoto ri azedo, quer adiantar o golpe.

— ...Um destacamento de panelões... — diz, e desata a rir, como se tivesse dito a coisa mais engraçada do mundo.

Pin meneia a cabeça, sério. Canhoto pisca.

— ...Um destacamento de falcões... — diz, e tenta ainda rir, mas faz um barulho estranho com a garganta.

Pin está sério e faz sinal que não.

— ...Um destacamento de marinha... — diz, e a boca não se mexe mais, está com lágrimas nos olhos.

Pin assumiu aquela sua expressão de fanfarrão e hipócrita, fala lentamente, em tom bajulador:

— Veja, seu destacamento será um destacamento quase como os outros. Só que você só poderá andar pelos prados, pelas estradas largas, pelas planícies cultivadas com plantas baixas...

Canhoto recomeça a rir, antes silencioso depois cada vez mais alto: ainda não entende aonde o garoto quer chegar, mas ri do mesmo jeito. Os homens não tiram os olhos da boca de Pin, alguns já entenderam e riem.

— Poderá ir por todo lado, menos pelos bosques... menos onde tem galhos... onde tem galhos...

— Os bosques... Ha, ha, ha... Os galhos — mofa Canhoto —, e por quê?...

— Ia ficar enganchado... o seu destacamento... o destacamento dos chifrudos!

Os outros se escangalham em risadas que mais parecem uivos, o cozinheiro levantou-se, azedo, com a boca contraída. As risadas diminuem um pouco. O cozinheiro olha a seu redor, depois recomeça a rir, com os olhos inchados, a boca torta, um riso forçado, vulgar, e dando pancada nos joelhos ou apontando Pin com o dedo, como a dizer: disse uma das suas.

— Pin... olhem só para ele... — diz, rindo forçado. — Pin... para ele vamos dar o destacamento das privadas, vamos dar...

O Esperto também se levantou.

Dá uns passos.

— Parem já com essa história — diz, seco. — Não entenderam que não se pode fazer barulho?

É a primeira vez que dá uma ordem, depois da batalha. E a dá usando uma desculpa, o barulho que não deve ser feito, em lugar de dizer: parem porque não gosto dessa história.

Os homens olham-no torto: não é mais o comandante, ele.

A Giglia faz ouvir a sua voz:

— Pin, por que não canta uma canção para nós? Aquela, cante...

— O destacamento das privadas... — gralha o Canhoto. — Com um penico na cabeça... Ha ha ha... Pin com um penico na cabeça, vocês imaginam...

— Qual você quer que eu cante, Giglia? — diz Pin. — A da outra vez?

— Façam silêncio... — diz o Esperto. — Não sabem da ordem? Não sabem que estamos numa zona perigosa?

— Cante aquela canção — diz Giglia —, aquela que você conhece tão bem... como é mesmo? Oili oilá...

— Com o penico na cabeça — o cozinheiro continua a se dar tapas nos joelhos de tanto rir, e tem lágrimas de raiva na borda das pálpebras. — E clisteres para armas automáticas... Umas rajadas de clisteres, ele dá, Pin...

— Oili, oilá, Giglia, tem certeza... — diz Pin. — Nunca soube canções que fazem oili oilá, não existe nenhuma canção assim...

— Rajadas de clisteres... olhem para ele... Pin... — gralha o cozinheiro.

— Oili, oilá — começa a improvisar Pin —, o marido vai à guerra, oili, oilá, a mulher em casa está!

— Oilin, oilão, Pin é um rufião! — diz Canhoto, tentando se sobrepor à voz de Pin.

Pela primeira vez o Esperto vê que ninguém lhe obedece. Pega um braço de Pin e o torce:

— Cala a boca, cala a boca, entendeu?

Pin sente dor, mas agüenta e continua cantando:

— Oili oilá a mulher e o comandante, oili oilá, o que fará.

O cozinheiro obstina-se em imitá-lo, não quer ouvi-lo:

— Oilin oilão, da puta é o irmão.

O Esperto está torcendo os dois braços de Pin, agora, e sente os ossos fininhos entre seus dedos; falta pouco para que se quebrem:

— Cale-se, bastardo, cale-se!

Pin está com os olhos cheios de lágrimas, morde os lábios:

— Oilin oilão para a moita se vão, oilin oilão a cadela e o cão!

O Esperto larga seu braço e tapa-lhe a boca com a mão. É um gesto tolo, perigoso: Pin afunda seus dentes num dedo, aperta com toda a força. O Esperto dá um grito que dilacera o ar. Pin solta o dedo e olha a seu redor. Todos estão com os olhos em cima dele, os adultos, esse mundo incompreensível e inimigo: o Esperto chupa o dedo que sangra, o Canhoto ainda ri como num estremecimento, a Giglia lívida e os outros, todos os outros, de olhos brilhando, acompanham a cena segurando o fôlego.

— Porcos! — grita Pin, explodindo no choro. — Chifrudos! Cadelas!

Agora só lhe resta ir embora. Para longe. Pin fugiu.

Só resta a solidão, para ele.

O Esperto grita atrás dele:

— Não pode sair do acampamento! Volte aqui! Volte aqui, Pin! — E vai correr atrás dele.

Mas na porta cruza com dois sujeitos armados.

— Esperto, estávamos à sua procura.

O Esperto os reconhece. São dois mensageiros do comando da brigada.

— Ferriera e Kim estão chamando você. Está sendo convocado. Venha conosco.

O Esperto retoma sua impassibilidade.

— Vamos — diz, e põe a metralhadora no ombro.

— Desarmado, disseram — explicam os homens.

O Esperto nem pisca, tira a correia dos ombros.

— Vamos — diz.

— A pistola também — dizem os homens.

O Esperto solta o cinturão, deixa-o cair.

— Vamos — diz.

Agora está no meio dos dois homens.

Vira-se:

— Às duas é o nosso turno para preparar a comida: comecem a preparar tudo. Às três e meia dois homens nossos têm de montar guarda, valem os turnos da noite passada, que não foram feitos.

Vira-se e se afasta entre os dois sujeitos armados.

12

Pin está sentado no cume da montanha, sozinho: rochas peludas de arbustos descem a pique a seus pés, e vales se abrem, até lá embaixo, no fundo, onde escorrem rios negros. Longas nuvens sobem pelas vertentes e apagam as aldeias esparramadas e as árvores. Aconteceu um fato irremediável, agora: como quando roubou a pistola do marinheiro, como quando abandonou os homens da taberna, como quando fugiu da prisão. Não vai poder mais voltar com os homens do destacamento, nunca poderá lutar ao lado deles.

É triste ser como ele, uma criança no mundo dos adultos, sempre uma criança, tratada pelos adultos como alguma coisa divertida e maçante; e não poder usar aquelas coisas misteriosas e empolgantes deles, armas e mulheres, nunca poder participar dos seus jogos. Mas Pin um dia vai ser adulto, e poderá ser mau com todos, vingar-se dos que não foram bons para ele: Pin gostaria de ser adulto já agora, ou melhor, não adulto, mas admirado ou temido mesmo ficando assim como é, ser menino e ao mesmo tempo chefe dos adultos, por conta de alguma façanha maravilhosa.

Pronto, Pin agora vai-se embora, para longe desses lugares ventosos e desconhecidos, para seu reino, o fosso, para seu lugar mágico onde as aranhas fazem ninho. Ali está sua pistola enterrada, de nome misterioso: pê-trinta-e-oito; Pin vai ser *partigiano* por conta própria, com sua pistola, sem ninguém para lhe torcer os braços até quase quebrá-los, sem ninguém que o mande enterrar falcões para poder rolar entre os rododendros, o macho com a fêmea. Pin fará coisas maravilhosas, sempre sozinho, matará um oficial, um capitão: o capitão da sua irmã cadela e espiã. Então todos os homens o respeitarão e irão querê-lo com eles na batalha: talvez o ensinarão a usar a metralhadora. E a Giglia não vai mais lhe dizer: "Cante uma para nós, Pin", para poder se esfregar em cima do amante, não terá mais amantes, a Giglia, e um dia vai deixar seu seio ser tocado por ele, Pin, o seio rosa e quente debaixo da camisa de homem.

Pin está andando pelas trilhas que descem do passo da Meia-Lua a grandes passos: tem um longo caminho diante de si. Mas enquanto isso percebe que o entusiasmo dos seus propósitos é falso, provocado; percebe ter certeza de que suas fantasias nunca se tornarão realidade e de que ele vai continuar a vagar, menino pobre e perdido.

Pin anda o dia inteiro. Encontra lugares onde seria possível fazer belíssimas brincadeiras: pedras brancas nas quais pular e árvores retorcidas nas quais trepar; vê esquilos pelos pinheiros, cobras se achatando nas sarças, todos alvos bons para arremesso de pedras; mas Pin não tem vontade de brincar, e continua andando até ficar sem fôlego, com uma tristeza que anuvia sua garganta.

Pára e pede comida numa casa. Ali há dois velhinhos, marido e mulher, sozinhos, proprietários de cabras. Os dois velhos acolhem Pin e lhe dão castanhas e leite, e lhe falam dos seus filhos, todos prisioneiros, longe, depois se aproximam do fogo a rezar o seu terço e querem que Pin também reze.

Mas Pin não está acostumado a tratar com pessoas boas, e se sente pouco à vontade, e nem a rezar o terço ele está acostumado; assim, enquanto os dois velhos ruminam as orações, de olhos fechados, ele desce devagarinho da sua cadeira e se vai.

À noite dorme num buraco cavado num palheiro e de manhã retoma o caminho, pelos lugares mais perigosos, infestados de alemães. Mas Pin sabe que ser criança às vezes é bom negócio, e que mesmo que dissesse que é *partigiano* ninguém acreditaria.

A certa altura, um posto de bloqueio barra seu caminho. Os alemães o espiam de longe, por baixo dos capacetes. Pin vai em frente com sua cara-de-pau.

— A ovelha — diz —, por acaso viram minha ovelha?

— *Was?* — Os alemães não entendem.

— Uma ovelha. O-ve-lha. Béééé... Béééé...

Os alemães riem: entenderam. Com aquela cabeleira e assim encapotado, Pin até poderia ser um pequeno pastor.

— Perdi uma ovelha — choraminga —, passou por aqui, com certeza. Para onde ela foi? — E Pin penetra e passa para o outro lado, chamando: — Béééé... Béééé... — Dessa também me safei.

O mar, que ontem era um turvo fundo de nuvem às margens do céu, torna-se uma faixa de uma escuridão cada vez mais intensa, e agora é um grande grito azul além de uma balaustrada de colinas e casas.

Pin está na sua torrente. É uma noite de poucos sapos; girinos pretos fazem vibrar a água das poças. A trilha dos ninhos de aranha sobe a partir daquele ponto, além daqueles juncos. É um lugar mágico, que somente Pin conhece. Lá Pin poderá fazer magias estranhas, se tornar um rei, um deus. Sobe pela trilha, o coração na garganta. Aqui estão os ninhos: mas a terra está remexida, por todo lado se diria que uma mão passou, arrancando a grama, movendo as pedras, destruindo as tocas, arrebentando os reboques de grama mastigada: foi o Pele! Pele conhecia o lugar: esteve ali com os lábios ressecados tremendo de raiva, cavou a terra com as unhas, enfiou gravetos nos túneis, matou todas as aranhas, uma a uma, para procurar a pistola pê-trinta-e-oito! Mas a encontrou? Pin não reconhece mais o ponto: as pedras que havia colocado não estão mais lá, a grama está arrancada aos tufos. Devia ser aqui, ainda há o nicho que ele escavou, mas está cheio de húmus e fragmentos de tufo.

Pin chora, com a cabeça entre as mãos. Ninguém vai lhe devolver sua pistola: Pele morreu e ela não estava em seu arsenal, vai saber onde a colocou, para quem a deu. Era a última coisa que lhe restava no mundo, a Pin: o que fará agora? Para o bando não pode mais voltar: aprontou muitas maldades, com todos, com o Canhoto, com a Giglia, com Duque, com Zena, o Comprido, de alcunha Boné-de-Madeira. Na taberna houve a *blitz* e todos foram deportados ou mortos. Só resta Miscèl, o Francês, na brigada negra, mas Pin não quer terminar como Pele, subindo por uma longa escada à espera do disparo. Está sozinho na terra, Pin.

A Morena do Beco Comprido está se arrumando com um roupão novo, azul, quando ouve bater à porta. Fica ouvindo: nos dias de hoje, tem medo de abrir para desconhecidos quando está em sua velha casa do beco. Batem de novo.

— Quem é?

— Abre, Rina, é seu irmão, Pin.

A Morena abre e seu irmão entra, todo encapotado em roupas estranhas, com uma moita de cabelos maior que seus ombros, sujo, rasgado, arrebentado, com as faces empastadas de pó e de lágrimas.

— Pin! De onde está chegando? Por onde andou esse tempo todo?

Pin vem à frente quase sem olhar para ela, fala rouco:

— Não comece a me atormentar. Estive onde bem entendia. Preparou alguma comida?

A Morena banca a maternal:

— Espere que vou preparar alguma coisa para você. Sente-se. Como deve estar cansado, pobre Pin. Está com sorte de me encontrar em casa. Quase não fico mais aqui. Agora moro no hotel.

Pin começou a mastigar um pedaço de pão e um chocolate alemão feito de avelãs.

— Tratam-na bem, estou vendo.

— Pin, como fiquei preocupada por você! O que você fez esse tempo todo? Virou um vagabundo? Um rebelde?

— E você? — diz Pin.

A Morena está espalhando geléia alemã de malte numas fatias de pão, e passa-as para Pin.

— E agora, Pin, o que vai fazer?

— Não sei. Deixe-me comer.

— Escuta, Pin, você deveria tratar de pôr a cabeça no lugar. Escute: no lugar onde eu trabalho precisam de garotos espertos como você, e eles passam muito bem. Não tem que trabalhar: só andar por aí dia e noite e ver o que as pessoas estão fazendo.

— Escuta, Rina, você tem armas?

— Eu?

— É, você.

— Bem, tenho uma pistola. Tenho porque nunca se sabe, hoje em dia. Foi presente de um sujeito da brigada negra.

Pin ergue os olhos e engole o último bocado:

— Mostra para mim, Rina?

A Morena se levanta:

— O que foi que lhe deu com as pistolas? Já não bastou você ter roubado a do Frick? Esta se parece mesmo com aquela do Frick. Aqui está, olhe. Pobre Frick, mandaram-no para o Atlântico.

Pin olha deslumbrado para a pistola: é uma P.38, sua P.38!

— Quem deu isso para você?

— Já disse: um militar da brigada negra, um loirinho. Estava todo resfriado. Devia ter com ele, não estou exagerando, umas sete armas, todas diferentes. O que vai fazer com tanta arma?, perguntei. Dê-me uma pistola de presente. Mas ele não queria, nem suplicando. Mania de pistolas, era o que ele tinha. Acabou me dando esta porque era a mais arrebentada. Mas mesmo assim funciona. O que está me dando, disse-lhe, um canhão? Ele disse: assim fica em família. Vai saber o que ele queria dizer com isso.

Pin nem ouve mais: gira e gira sua pistola nas mãos. Ergue os olhos para a irmã, apertando a pistola no peito como se fosse uma boneca.

— Ouça, Rina — diz, rouco —, esta pistola é minha!

A Morena olha para ele, maldosa:

— Mas o que deu em você: o que foi que virou, um rebelde?

Pin joga uma cadeira no chão.

— Macaca! — grita, com todas as suas forças. — Cadela! Dedo-duro!

Enfia a pistola no bolso e sai batendo a porta.

Lá fora já é noite. O beco está deserto, como quando ele veio. As grades das lojas estão fechadas. Encostadas nos muros, construíram proteções contra estilhaços, feitas de tábuas e sacos de terra.

Pin toma o caminho da torrente. Parece-lhe estar de volta à noite em que roubou a pistola. Agora Pin tem a pistola, mas tudo é igual: está sozinho no mundo, cada vez mais sozinho. Como naquela noite, o coração de Pin está cheio de uma única pergunta: o que eu vou fazer?

Pin anda chorando pelos *beudos*. Primeiro chora em silêncio, depois cai em soluços. Não há ninguém que venha a seu encontro, agora. Ninguém? Uma grande sombra humana se perfila numa curva do *beudo*.

— Primo!

— Pin!

Esses são lugares mágicos, onde a cada vez tem lugar um feitiço. E também a pistola é mágica, é como uma vara de condão. E também o Primo é um grande mago, com a metralhadora e o gorrinho de lã, que agora põe uma das mãos em seus cabelos e pergunta:

— O que está fazendo por estas bandas, Pin?

— Vim buscar minha pistola. Olha. Uma pistola da Marinha alemã.

O Primo olha-a de perto.

— Bonita. Uma P.38. Cuide bem dela.

— E você, o que faz aqui, Primo?

O Primo suspira, com aquele seu ar eternamente perturbado, como se sempre estivesse de castigo.

— Vou fazer uma visita — diz.

— Estes são os meus lugares — diz Pin. — Lugares enfeitiçados. As aranhas fazem ninho aqui.

— As aranhas fazem ninho, Pin? — pergunta o Primo.

— Fazem ninho somente neste lugar no mundo todo — explica Pin. — Eu sou o único a saber disso. Depois veio aquele fascista do Pele e destruiu tudo. Quer que eu lhe mostre?

— Mostre-me, Pin. Ninhos de aranhas, imagine só.

Pin leva-o pela mão, aquela mão grande, macia e quente, feito pão.

— Aqui está, está vendo?, aqui havia todas as portas dos túneis. Aquele fascista bastardo quebrou tudo. Aqui ainda tem uma inteira, está vendo?

O Primo agachou-se ali pertinho e aguça os olhos na escuridão:

— Olha só, a portinha que abre e fecha. E dentro, o túnel. É profundo?

— Muito profundo — explica Pin. — Com grama mastigada em toda a volta. A aranha fica lá no fundo.

— Vamos acender um fósforo — diz o Primo.

E os dois, agachados pertinho um do outro, ficam vendo qual o efeito da luz do fósforo na boca do túnel.

— Vai, joga o fósforo lá dentro — diz Pin —, vamos ver se a aranha sai.

— Para quê, pobre bicho? — diz o Primo. — Não vê quanto estrago já fizeram com ele?

— Diga, Primo, acha que vão construir de novo, os ninhos?

— Se as deixarmos em paz, acho que sim — diz o Primo.

— E vamos voltar aqui, para vê-las, outras vezes?

— Vamos, Pin, vamos passar por aqui para dar uma olhada todo mês.

É bom demais ter encontrado o Primo, que se interessa pelos ninhos de aranha.

— Escuta, Pin.

— O quê, Primo?

— Sabe, Pin, tenho de lhe dizer uma coisa. Sei que você compreende essas coisas. Veja: lá se vão meses e meses que não estou com uma mulher... Você entende essas coisas, Pin. Escute, disseram-me que sua irmã...

Pin recobrou seu sorriso de escárnio; é o amigo dos adultos, ele, entende dessas coisas, tem orgulho de fazer esses serviços para os amigos, quando calha:

— Puta vida, Primo, deu sorte, com minha irmã. Vou lhe ensinar o caminho: sabe o Beco Comprido? Bem, a porta depois do conserto de aquecedores, no mezanino. Vai tranqüilo que não vai encontrar ninguém na rua. Com ela, aliás, tome cuidado. Não lhe diga quem você é, nem que eu o mandei para lá. Diga que trabalha na Todt, que está aqui de passagem. Aí, Primo, depois você fala tão mal das mulheres. Vai lá que minha irmã é uma morena feiosa que muitos gostam.

O Primo esboça um sorriso com sua grande cara desconsolada.

— Obrigado, Pin. Você é um amigo. Vou num pé e volto no outro.

— Puta vida, Primo, você vai até lá de metralhadora?

O Primo passa o dedo no bigode:

— É que não me fio, andar por aí desarmado.

Pin tem vontade de rir ao ver como o Primo é desengonçado, nessas coisas.

— Tome minha pistola. Tome. E deixe a metralhadora comigo, que eu tomo conta dela.

O Primo deixa a metralhadora, mete a pistola no bolso, tira o gorrinho de lã e também põe no bolso. Agora procura arrumar os cabelos, com os dedos molhados de saliva.

— Está se arrumando, Primo, quer impressionar. Ande logo se quiser encontrá-la em casa.

— Até logo, Pin — diz o Primo, e vai.

Pin agora está sozinho na escuridão, nas tocas das aranhas, com a metralhadora encostada no chão ali perto. Mas já não está desesperado. Encontrou o Primo, e o Primo é o grande amigo tão procurado, aquele que tem interesse nos ninhos das aranhas. Mas o Primo é como todos os outros adultos, com aquela misteriosa vontade de mulheres, e agora vai até sua irmã, a Morena, e se abraça com ela na cama desfeita. Pensando bem, teria sido melhor se Primo não tivesse tido aquela idéia, e tivessem ficado olhando os ninhos juntos mais um pouco, e depois o Primo tivesse feito aqueles seus discursos contra as mulheres, que Pin entendia muito bem e aprovava. Mas Primo é como todos os outros adultos, não há nada a fazer. Pin compreende bem essas coisas.

Disparos, ao longe, na Cidade Velha. Quem será? Talvez patrulhas de ronda. Os disparos, ouvidos assim, à noite, sempre dão uma sensação de medo. Claro, foi uma imprudência, o Primo, por uma mulher, ter ido sozinho naqueles lugares de fascistas. Pin agora tem medo que ele caia nas mãos de uma patrulha, que encontre a casa da irmã cheia de alemães e que seja apanhado. Mas seria bem feito, no fundo, e Pin teria gosto: que prazer se pode sentir ao ir ter com aquela rã peluda da sua irmã?

Mas se o Primo fosse apanhado, Pin ficaria sozinho, com aquela metralhadora que dá medo, que não se sabe como se usa. Pin espera que o Primo não seja apanhado, espera com todas as suas forças, mas não porque o Primo seja o Grande Amigo, não é mais, é um homem como todos os outros, o Primo, mas porque é a última pessoa que lhe resta no mundo.

Porém, há muito que esperar ainda, antes de poder começar a pensar que é para ficar preocupado. Que nada, eis que uma sombra se aproxima, já é ele.

— Por que tão rápido, Primo, já fez tudo?

O Primo meneia a cabeça com seu ar desconsolado:

— Sabe, me deu nojo e fui-me embora sem fazer nada.

— Puta vida, Primo, deu nojo, é?

Pin está bem contente. É mesmo o Grande Amigo, o Primo.

O Primo torna a colocar a metralhadora no ombro e devolve a pistola para Pin. Agora estão andando pelos campos e Pin está com sua mão na mão macia e calma do Primo, naquela mão grande de pão.

A escuridão é pontuada por pequenas resplandecências: há grandes vôos de pirilampos ao redor das sebes.

— São todas assim as mulheres, Primo... — diz Pin.

— É... — concorda o Primo. — Mas nem sempre é assim: minha mãe...

— Você se lembra da sua mãe? — pergunta Pin.

— Lembro, ela morreu quando eu tinha quinze anos — diz o Primo.

— Era boa?

— Era — diz o Primo —, era boa.

— A minha também era boa — diz Pin.

— Está cheio de pirilampos — diz o Primo.

— Olhando de perto — diz Pin —, os pirilampos também são bichos nojentos, avermelhados.

— É — diz o Primo —, mas olhando assim são bonitos.

E continuam andando, o homenzarrão e o menino, na noite, no meio dos pirilampos, de mãos dadas.

ESTA OBRA FOI COMPOSTA EM GARAMOND PELA SPRESS E IMPRESSA PELA GEOGRÁFICA EM OFSETE SOBRE PAPEL PÓLEN SOFT DA COMPANHIA SUZANO PARA A EDITORA SCHWARCZ EM AGOSTO DE 2004